아직은
따뜻한
우리

아직은
따뜻한
우리

신현택 외 지음

BOOK PLAZA

우리 출판사는 이 책을 엮기 전에 출판사의 SNS계정을 통하여 "20대 에세이 작가를 찾아라!"라는 현상공모전을 실시하였다. 일체의 진입 장벽 없이 숨은 보석 같은 새로운 문인들을 발굴하기 위함이었다. 또한 기존의 시문학이 고수하여 온 통례나 형식을 벗어난, 정말로 참신한 내용의 시와 에세이에 대한 갈구가 있었기 때문이기도 했다.

이는 우리의 보배로운 신세대들을 기성의 권위가 너무 짓누르고 있는 것은 아닐까 하는 문제 의식에서 출발한 것이다. 즉, 학벌이라는 권위, 나이라는 권위, 선배라는 권위, 기성 작가라는 권위, 고정관념이라는 권위 등이 참신한 작품과 뉴 페이스의 등장을 막고 있는 것은 아닐까?

출판사 편집장으로서, 나는 시든 에세이든 소설이든 어떤 작품을 선택할 때마다 엉뚱한 상상을 해보았다. 기성의 권위, 즉 계급장을 모두 떼버리고 작품의 우열을 매긴다면 어떤 결과를 야기할 것인가 하는 의문이다. 예컨대, 기성 베스트셀러 작가들의 책 표지를 모두 뜯어버리고 작품을 A4용지로 출력한 뒤, 이를 명동 한복판에 놓고 다수의 사람들로 하여금 작품의 흥미도와 작품성에 우열을 매기라 한다면 과연 어떤 결과가 나올까? 기성의 권위대로 유명 작가의 작품이 정말로 좋은 평가를 받을까? 물론 그런 작품도 있겠지만, 그렇지 않은 작품도 상당하리라는 것이 우리의 판단이다. 그래서 우리 출판사는 늘 기성의 권위에 도전하여 왔다. 심지어 우리 출판사의 효자 상품 중 하나로, 수십만 부가 팔린 조조토익 시리즈마저 기존의 학원 강사가 낸 토익 책이 아니었다.

그 일환으로, 이번 현상공모에는 나이 이외에 학력, 직업, 경력 등 그 어떤 제한 조건도 두지 않았다. 굳이 나이에만 제한 조건을 둔 이유는 응모 작품들을 통해 우리 시대 젊은이들의 자화상을 그려보려는 의도 때문이다. '청춘'이라 불리는 이 시대의 젊은이들은 우리의 미래이자 보물임에도 너무나 많은 아픔과 어려움 속에 살고 있는 것이 아닌가 싶다. 그래서 그들의 고뇌가 담긴 시나 에세이야말로 우리 모두가 함께 고민하여야 할 이 시대의 화두가 아닐까?

결국 SNS공모전이라는 낯선 시도는 기대 이상의 결과를 낳았다. 현상 공모 기간이 비교적 짧았던 편임에도 불구하고, 공모전을 공고하는 글은 총 8604개의 좋아요 등의 공감을 얻어내며 온라인상에서 널리 퍼져나갔다. 그리고 총 1489명이 제출한 5302편의 글이 응모되었다.

그런데 그 응모작들은 대부분 현상공모가 공지된 이후 쓰인 것이 아니라 그 전에 쓰인, 이미 '준비된' 작가들의 작품이었다. 응모작 하나하나는 저마다의 고뇌와 통찰을 담고 있었음을 뼈저리게 느낄 수 있었기에, 감히 어떠한 우열을 가려 이들 중 특정 작품에게만 상을 수여한다는 것이 사실은 어불성설이었다. 그러나 현상공모 또한 다수당사자와 맺은 하나의 계약이므로, 우리는 대상 수상자 신현택 씨에게 일백만 원의 상금과 단행본 출간의 약속을, 그리고 그 외 다수의 가작 수상자들에게는 소정의 고료를 지급하기로 한 약속을 충실히 이행하였음을 밝혀둔다.

우리는 응모작들을 심사함에 있어서 가급적 내용 그 자체에만 주목하고 했다. 정형화된 정통 시문학의 형식에 얽매이지 않고 싶었기에, 응모작의 길이나 형식, 문어체인지 여부, 맞춤법 따위는 애초에 고려의 요소에 넣지도 않았다.(물론 나중에 편집부에서 교정교열만 따로 보았다.) 본 현상공모전의 취지가 우리 시대 젊은이들

의 참모습과 그들의 고뇌를 통해 동시대를 살아가는 우리가 어떤
마음가짐을 가지고 이 세상을 살아가야 하는지 반추해 보기 위함
이라면, 거기에는 어떠한 형식적 제약도 불필요하다고 생각했기
때문이다.

따라서 우리는 삶의 한 단면에서 나오는 예리한 통찰과 그 통
찰로부터 이어지는 어떤 메시지에 주목하고자 했다. 그 메시지를
이끌어내는 과정은 무척이나 참신하나, 유치하지 않아야 하며, 그
메시지 자체는 동서고금을 막론한 진리와 맞닿아 있어야 한다! 그
것이 바로 이 책에 수록한 시와 에세이를 선정한 기준이다. 그 참
신함으로 인해 일종의 해학과 유머의 향기가 흩날린다면, 더할 나
위 없을 것이다. 그래서 이 책에 수록된 작품들을 읽다보면, 재미
나는 부분도 있고, 어느 순간 울컥하는 부분도 있을 것이다.

만약 이 책이 많은 20대 독자들로부터 호응을 얻어 베스트셀러가 된다면 이는 오롯이 현상공모전에 참여해준 잠재적 20대 작가 분들의 덕분이겠으나, 우리 편집부는 이 책이 도리어 기성 세대가 꼭 읽어야 할 책이 아닐까 생각한다. 내 딸, 내 아들이 지금 생각하고 고민하는 것이 무엇인지 알아야만 우리가 그들을 보듬어 줄 수 있지 않겠는가. 그들은 정말로 맑고 순수한 영혼이기에. 그들은 우리의 보물이기에.

북플라자 편집장

일
상

사
랑

가
족

생
존

비
애

일상

신현택

김 포장지에 들어 있는 제습제를 보며 생각했다. 왜 먹지 말라고 적혀 있을까? 먹으면 어떻게 된다는 설명도 없이 말이다.

제습제! 말 그대로 습기를 없애주는 물건이다. 그럼 사람이 먹으면 사람이 가진 습기도 어느 정도 없애줄까?

요즘 깨달은 생각인데, 일상 생활에서 '습기'가 따라다니는 곳은 모두 '빈자(貧者)'의 영역이다. 하꼬방집 만두, 찐빵가게의 훗훗한 습기, 장맛날 포장마차집 우산꽂이에도, 땀을 흘리며 시멘트 포대를 나르는 인부아저씨에게도 그리고 늦은 밤 잠 못 드는 지하방의 눅눅한 곰팡이도 모두 습기로 둘러싸여 있다.

반면에 '습기'가 없는 곳은 세련되고 풍족하며 우리 대다수가 동경하는 곳이다. 술조차 드라이한 위스키를 마시며 건조시킨 다시마 튀각, 건포도, 마카다미아를 집는 곳. 그리고 한때는 습지에서 생명을 꾸움틀거리던 악어를 말려 건조한 지갑에서 꺼낸 빳빳한 지폐.

내가 지금 보고 있는 제습제를 먹으면 나도 그런 사람이 될 수 있을까. 밀랍인형으로 되어 있는 건조한 위인들처럼 말이다. 부모들은 생명조차 없는 밀랍인형을 아이에게 보여주며 저런 위대한 사람이 되라고 말해준다. 정작 이번 손녀 생일에 어떤 곰 인형을 사줄지 생각하는 훗훗한 곰국 같은 수위 할아버지는 무시하면서….

윤동주도 백석도 눈물과 습기가 밴 곳에서 눅눅한 원고지에 따스한 기운으로 시를 썼을 터인데 우리는 차디차고 건조한 그들의 흉상과 법전과도 같은 빳빳한 양장 하드커버에 그들의 시를 옭아맨다. 그리고 스스로 만족해한다.

다시 제습제를 바라본다. 과연 제습제를 먹는다면 나도 그들처럼 눈물마저 말라가면서 더 위대한 사람이 될 수 있을까? 혹시나 제습제에 쓰인 경고문구는 그들이 만든 문구가 아닐까….

신현택

월요일에도 사과나무는

'사과나무'를 보면서 드는 생각입니다.

어떻게 갈색과 초록색의 무덤덤한 색깔 속에서 저런 치명적인 빨간색을 품을 수 있는지. 자세히 생각해보면 소름끼치지 않습니까? 우린 열매가 열릴 걸 알고 보니 아무렇지도 않지만 처음 열매를 본 인간은 어떤 생각을 했을까요?

어찌 보면 아담이 선악과라는 열매에 끌렸던 건 당연하지 않았을까 생각합니다.

그런데 투박스럽기 그지없는 사과나무가 어떻게 사과를 맺을 수 있었을까요. 의외로 사과나무가 한 거라고는 한자리에서 뜨거운 태양과 차가운 서리를 견뎌내는 것밖에 없었습니다. 우리가 부르는 '일상'이라는 말처럼 사과나무는 특별한 무언가를 한 게 아니라 일상을 견뎌내며 남들은 아무것도 아니라고 생각하던 초록 열매를 조금씩 붉게 만들었습니다.

오늘은 월요일입니다. 누군가에게는 다시 고통스러운 일상이 도서관에서, 회사에서 시작되는 시간입니다. 일상은 덧없고 전혀 창의적으로 보이지 않는 시간입니다. 하지만 자연에서는 일상이 곧 창조가 되며 창의를 품습니다. 무미건조한 갈색 번데기에서 다채로운 나비가 태어나듯이요. 모두가 고통스럽다고 생각하는 일상을 조금은 다르게 생각하는 것이 어떨까요?

혹시나 오랫동안 공들였다가 자신의 손아귀에서 빠져나간 어떤 것을 안타까워하시는 분이 있다면 조심스럽게 한 글귀를 전하고 싶습니다.

'사과나무는 열매를 맺기 전에 꽃이 집니다. 지금 여러분의 꽃이 진다는 건 어찌 보면 실패가 아니라 더 큰 열매를 맺기 위한 당연한 과정일지도.'

붕
어
빵

신현택

○
아
직
은
따
뜻
한
우
리

속이 검다고 욕하지 마세요.

까보니 달콤한 사람은 어디에도 없더군요.

다 똑같은 판박이라고 무시하지 마세요.

누구에게나 같은 얼굴로 대하는 사람은 어디에도 없더군요.

식어 있다고 무시하지 말아 주세요.

새벽 늦게 귀가하는 아버지 손에 들린 식은 붕어빵처럼 온정이
동맥질하는 무언가는 어디에도 없습니다.

0
2
5

일상 ○

넌 완전 멋쟁이구나
찔렀는데 찌그러진 채 있지도 않고
찌른 사람 다치게도 안 하는

너다움을 잃지 않는
넌 멋쟁이

종이학 접는 소년

장병주

○ 아직은 따뜻한 우리

학을 타고 하늘을 날아다니는 꿈을 꾼 뒤

소년은 매일 종이학을 접었다.
학 접는 법을 모르던 소년이

배를 접어 학이라 하면
그것은 부리 달린 학이 되었고
비행기를 접어 학이라 하면
그것은 날개 달린 학이 되었다.

꼭 학을 만들려

손을 놀리던 건 아니었다.

반으로 접든, 사선으로 접든
한 번씩 종이를 접을 때마다
학은 소년 곁으로
더 가까이 온다고 믿었다.

네모난 종이가 날 수 있는
뭔가가 된다는 것에 소년은 기뻤다.

날개가 달리고
부리가 달리고
꽁지가 달린
완전한 학을 접을 수 있게 된
어느 날,

그렇게 접어온 수천 마리의 학이
소년의 손에서 일제히 날아간
어느 날,

소년은 비로소 몽정을 했다.

이승현

보이지 않지만
소중한 것들

○ 아직은 따뜻한 우리

눈에 보이는 것보다
보이지 않는 것들이 더 많아요.
소중한 사람이 당신 곁에서
참고 인내하고 걱정하는 그런 마음.

마음속 기차

기차가 아무리 빠르다고 한들
정차역 없이 달리기만 한다면
금방 엔진은 손상될 것이다.
사람도 마찬가지다.
쉬어가는 정차역 없이 열정적인
사랑만을 한다면 쉽게 지칠 것이다.

20대, 내 친구들에게

안녕. 잘 지내?

난 요즘, 밤마다 잠을 잘 못 자고 있어.

이 얘기를 얼마 전 만난 A에게 했더니 글쎄, 자기도 그렇다는

거야.

어쩌다 우리가 이렇게 밤마다 잠들지 못하게 돼버렸을까.

잠자리에 누워도 쉬이 잠들지 못하고, 한두 시간은 가볍게 흘

러가버려.

어떤 때는 결국 이불에서 비집고 나와, 전등을 다시 밝히곤 해.

누워 있는 머릿속에선 너무 많은 생각들이 생겨났다가 사그라

들곤 해. 몇몇 생각은 참신한 것 같다가도, 몇몇은 카테고리조차 분류할 수 없는 이상한 것들인 거 같아. 잘 모르겠어.

너무 많아서 기억이 잘 안 나니까 말이야.

나는 왜 밤마다 이걸 반복하고 있을까. 혹시, 너희도 그래?

뉴스를 봤어. 우리가 최악의 실업률을 기록하고 있는 힘든 세대라나.

인터넷을 켰더니, 거기서도 우리 얘기를 해.

여기저기서 우리가 힘들대.

혹시, 이것 때문일까?

어머니께 얘기했더니 당신도 20대 때 그랬다고 하셔.

어느 날엔가 심심해서 펼쳐든 철학 책에서 이런 말을 본 적이 있어.

인간은 미지의 것에 대해서 공포를 느낀다고.

그래서 알 수 없는 것을 자꾸 알려고 든다는 거야. 그 공포를 해소하기 위해서 말이야.

그렇게 물을 건너는 배도 만들고, 하늘을 나는 비행기도 만들고, 우주로 가는 로켓도 만들었대.

혹시 말이야, 우리도 비슷한 거 아닐까?

우리가 밤마다 잠들지 못하는 것, 설명할 수 없는 불안함에 이불을 뒤척이는 것, 이 모든 것이 알 수 없는 미래로부터 오는 공포와 불안 때문 아닐까?

그러니까, 이건 막 이상하고 그런 게 아니라, 자연스러운 거야.

한 인간으로서 우리 앞엔 아직 긴 인생의 여로가 남았고, 그만큼 미지의 것들 투성이잖아.

우리는 불안하고, 안절부절 못할 수밖에 없는 거야.

이건 전혀 나쁜 게 아냐.

누가 알아?

우리의 미지의 미래에 대한 공포와 불안이 또 다른 배를 만들고, 비행기를 만들고, 로켓을 만들지?

이런저런 생각에 잠 못 이루고, 걱정하고, 아등바등하는 데서 무언가 좋은 발전이 생길지도 몰라.

네가 오늘도 걱정에, 생각들에, 머리를 가득 메운 무언가로 잠을 못 이뤘다면, 괜찮아.

너는 그 미지의 것을 해결하기 위해서 움직일 테고, 거기서 이미 변화는 시작되고 있으니까.

그래서 나도 이 글을 쓰고 있어.

늘 내 머릿속에서 글을 쓰는 일이 맴돌고만 있었는데, 그 미지의 영역을 한 번 해소해보고자 용기를 냈어.

이 편지가 나에게, 또 너희에게 도움이 됐으면 좋겠어.

잠 못 이룰 정도로 무언갈 걱정하고 있다면, 괜찮을 거야. 곧 잘될 거니까.

불면증에게

일상 ○

대체 얼마나 심심하면,
밤마다 날 깨우는 거야?

이따금씩 깨어나는 순간에 화가 나다가도,
어둠 속에서 나를 찾았을 널 생각하면
도무지 어쩌질 못하겠어.

그 밤,
그 적막함,
얼마나 외로웠으면
날 흔들어 깨웠을까.

피곤은 눈 밑에서 날마다
거뭇하게 물들어 가는데
정작,
널 붙들고 채근할 수가 없어

방금 데운 따뜻한 우유 한 잔이면
널 달랠 수 있을까.

오늘도 위로할 방법을, 고민해 보고 있어.

청소

임수민

일상 ○

오늘 청소를 했어요!
아주 힘든 청소였어요!
고민도 참 많이 한 거 같아요!
버릴까 말까,
그래서 결국 버리기로 했어요!

마지막 작별인사를 해요
잘 가라고.
그러고 나니 마음이 후련해지네요.

가끔은 마음속을 청소해주세요.

꾹꾹 눌러 담지 말고

비워주세요.

이수진

어른이 되면서 기대하지 않는 법을 깨달았다

어른이 되면서 기대하지 않는 법을 먼저 깨달았다. 도전에 실패한다는 것은 상상도 해보지 못했던 스무 살, 보기 좋게 기대를 무너뜨리는 일이 일어났다. 지금 생각해보면 '고작'이라고 느껴질 그런 작은 일에 시무룩해져서 짜증내고 투정을 부렸다. 기분이 상했음을 인정하는 일은 자존심 상했지만 말하지 않으면 계속 답답한 상태일 것 같아 엄마에게 털어놓았다. 엄마는 조곤조곤하게 "그럴 수도 있어."라는 말로 날 위로하셨다. 그때 이후였던가. 나는 웬만한 일들에 기대를 하지 않기 시작했다. 기대하던 결과가 나오지 않는다면 그만큼 상처받는 것은 나였기 때문이다. 기대를 내려놓는 것은 마음을 보호하는 최선의 방법이라 생각했다.

도전은 도전으로 끝나는 경우가 많았다. 잘되면 예상치 못한 기쁨이 차올랐을 테지만, 실패했어도 그러려니 '쿨'하게 넘겼다. 상처는 절반이 되었지만 어쩐지 내 삶이 무미건조해졌다는 생각이 들었다. 하지만 어쩔 수 없었다. 도전은 아름답지만 결과가 없는 것을 두고 과정이 중요했다고 말할 여유는 없었으니까. 하지만 내 삶의 무대에 주연으로 설 공연이 몇 개 없다는 사실은 비참하기도 했다.

인생은 내가 생각한 대로 흘러가지 않았다. 물론 어떤 일을 할 때 다양한 경우의 수를 상상하면서 묘한 기대감을 품기도 했다. 겉으로는 절대 티를 내지는 않았다. 나는 이런 일로 상처받지 않아. 괜찮아. 실패해도 그럴 수도 있어. 그러나 마음속 깊숙한 곳 어딘가에서는 '혹시'라는 놈이 외친다. 혹시 모르는 거잖아! 잘 될지! 다시 '최선'이라는 놈이 비웃는다. 가능하겠어? 그게 최선이었어? 마음속에서 두 감정이 밀고 당기기를 하고 있는 것처럼 보이지만 사실은 '혹시나'하는 마음이 앞선다. 무언가에 도전했다는 것은 원래 그렇게 살고 싶었다는 뜻이기도 하니까. 그리고 기대를 하지 않는 삶은 도전할 의욕을 상실하게 만드니까.

상처받는 것이 두려워 기대하지 않는 것을 두고 어른이 되어가며 나를 지키는 방법을 한 가지 깨달았다고 생각했지만, 사실은 어른의 가면을 쓴 겁먹은 아이일 뿐이다. 아마 엄마가 나에게 조언했던 것은 살면서 예상치 못한 일들이 많이 일어나니까 일희일

비하거나 좌절할 필요 없다는 뜻이었을 것이다. 어리석었던 나는 그 말을 방패로 이용해 눈앞의 상처를 가리기에 급급했다.

앞으로는 지금보다 더 많은 기대를 하기로 결심했다. 물론 좌절할 일도 더 많아질 것이다. 기대한 대로 이루어지지 않더라도 여전히 도전을 멈추지 않을 것이고, 어른인 척 상처를 숨기려는 모습을 뒤로 한 채 진짜 어른이 되기 위해 노력할 것이다. 도전은 내 삶을 풍부하게 하고, 기대는 삶을 두근거리게 하며, 아쉬움은 새로운 출발을 하게 하는 밑거름이 되겠지. 마음껏 기대하고, 상처를 인정하는 것에서부터 진짜 어른이 시작될 것이다.

일상 ○

바
람

이지은

바람이 솔솔
내게 왔다가
스쳐 날아간다.

그대 생각은
날아가지 않네.

바람이 휘이휘이
나를 감싸고
휘돌아 간다.

그대 생각은
머물러 있네.

부르지 않아도
날아오는
아무 말 안 해도
나를 감싸는
바람 같은 사랑.

왔다가
떠나가지 않는
감싸곤
가버리지 않는
바람 같지 않은 사랑.

그것이
나의 바람.

내 영혼의
바람.

손수건

이지은

일상 o

손수건을 샀다.
손수건이 말한다.

주인님, 슬플 때
꾹꾹 참지 마세요.
마음껏 우세요.
제가 그 눈물
닦아드릴게요.

주인님, 추울 때
혼자 추워하지 마세요.

큰 도움 못 되어도
제가 그 손
감싸드릴게요.

주인님, 다치면
그냥 두지 마세요.
제가 그 아픈 상처
싸매드릴게요.

마음껏 감동받고
마음껏 눈물 흘려요.
제가 그 눈물
닦아드릴게요.

깨끗한 모습으로
단정한 모습으로
항상 옆에 있을게요.

주인님이 저를 사용할 수 있도록,
주인님께 제가 작은 힘이 되도록.

비가 그쳤다. 공중의 먼지는 흠뻑 젖어 흘러내리고 숨쉬기 가
벼운 맑은 날이 찾아왔다. 주위의 모든 것들이 젖고 오랜만에 햇
살이 반사하여 눈을 부시게 했다. 펼치려던 우산을 접고 하늘을
올려다보는 사람들이 내 앞을 지나갔다. 동쪽에서 바람이 불었다.
나뭇잎에 맺혔던 물이 흩어지며 잠깐, 아주 잠깐의 소나기를 만들
었다. 젖은 도로 위로 걸음을 떼었다. 자갈이 부딪히는 것 같은 간
지러운 스타카토가 걸음을 따라왔다. 다급한 지렁이가 몸을 비틀
고 있었다. 갈증이 생기기 전에 적실 곳을 찾고 있었다. 연민이 생
겨 발로 툭툭 쳤다. 간절히 도움을 기다리는 그에게 히어로가 되
어 주고 싶었다. 앞뒤가 구분이 안 가는 지렁이의 한쪽 끝을 잡고
높이 들었다. 붙잡힌 지렁이의 격렬한 움직임이 나를 반기는 고

마음의 표현이라고 믿기로 했다. 스타카토의 템포는 빨라지고, 나는 어느새 도로 끝에 이르렀다. 도로 한쪽 구석 모과나무 아래에는 웅덩이가 있었다. 지렁이의 허덕임에 나도 덩달아 다급해져 웅덩이에 닿기도 전에 지렁이를 던졌다. 온몸을 굴리며 물을 끼얹는 지렁이. 뿌듯한 미소를 지었다.

돌멩이를 던지면 작은 파도가 일 정도로 깊고 넓은 모과나무 웅덩이. 보이지 않는 뿌연 저 속은, 무엇을 상상하든 존재할 것만 같은, 많은 사람들이 반기는 파란 하늘과는 전혀 다른 곳이었다. 웅덩이를 가만히 지켜보았다. 세상을 깨끗이 닦고 난 땟국. 하늘이 맑아진 대신에 투명하지 않고, 공기가 개운해진 대신에 순수하지 않은 차가운 물. 자동차가 빠른 속도로 다가왔다. 웅덩이를 스치고 지나갔다. 작았던 파도가 넘쳤다. 우비를 입은 나는 멀쩡했지만, 마침 옆을 지나가던 여자가 흠뻑 젖었다. 깨끗한 샘물만큼 투명하고 맑은 얼굴이 일그러지고 입술에서는 가래침보다 끈적이는 욕설이 새어나왔다.

그래, 그는 잘못 없이 밟혀도 욕을 듣는다. 갑갑하고 불순한 웅덩이이기 때문에. 그래도 나는 그를 존경한다. 흐르기만 했던 다른 빗방울들은 다 말라 사라져 버려도, 누구보다 오랫동안 오목한 그곳을 지키며, 아무 말 없이 자신이 닦아 빛이 나는 이 세상을 지켜보기에. 아까 지나간 차에서 새어나온 기름이 웅덩이에 스몄다. 마침 구름을 벗고 태양이 두 팔을 활짝 벌렸다. 태양의 품속에서 기름은 영롱하게 빛났다. 규칙 없이 움직이며 화려한 무지개를 만들었다. 웅덩이 속에 담긴 무지개는 파란 하늘 속의 그것보다 더욱 눈부셨다. 살아 있는 듯 꿈틀거렸다.

웅덩이 같은 사람이 되어야지, 다짐했다. 비록 내 손은 더러워졌지만, 덕분에 흙더미는 도자기가 되고, 돌덩이는 보석이 되도록. 내가 만든 그 피조물이 내 손에 박힌 굳은살에 고맙다며 키스할 수 있도록. 무지갯빛 키스를 받은 내가 태양보다 활짝 웃을 수 있도록.

웅덩이의 끄트머리에 발끝을 적셨다. 파동이 지나가고, 그 파동을 따라 시선을 옮겼다. 우연히 하늘이 비쳐 보였다. 하늘이 반사되는 그 자리와 각도에서 한참동안 지켜보고 있었다. 눈 깜박일 시간도 아까웠다. 웅덩이는 내게만 가르쳐준다는 듯, 그 더러운 오해를 풀 수 있는 사람이 나뿐이라는 듯, 사실은 더럽지 않은 그 속을 보여주었다. 새파란 하늘은 흐르는 무지개의 배경이 되어, 그 어떤 것보다 맑고 따뜻한 비 온 후의 풍경을 그려 내고 있었다. 고맙다. 내가 숨 쉬는 공중과 따스한 태양이 모두 그대 덕분이었음을, 지렁이의 해갈도, 모과나무의 고요함도 모두 그대가 지켜냈음을, 그 깊고 어두운 희생을 사랑하게 되었음을 진심으로 감사한다. 지금 내 두 발 앞에 웅덩이가 있다. 나는 접은 우산 끝으로 웅덩이를 휘젓는다. 간지러웠는지 쪼르륵 하고 웃는다. 깨달았다. 이 웅덩이는 마르지 않겠구나. 아, 영원히 이 자리를 지키겠구나.

김정은

　　나는 좋아하는 사람을 만나고 난 뒤 집으로 돌아갈 때가 행복
해. 온몸이 따뜻하게 데워져서 집으로 가는 길에 헤롱헤롱 할 정
도로 기분이 좋아. 너희를 만나면 맨날 그런 감정이 느껴져서 즐
거워.

　　그리고 또 좋아하는 노래가사가 마음속에 쏙쏙 박혀서 감정이
울렁일 때가 기분이 좋아. 매일 노래를 듣지만 그냥 들을 때도 있
고 듣고는 있지만 흘려버리는 때도 있는데, 어떤 날엔 음정 하나,
가사 하나가 나를 흔들어 버릴 때가 있어. 그럼 행복해.

　　갑자기 그냥 기분 좋을 때도 있어. 이유가 있었는지는 모르겠
는데 그냥 갑자기 '아악, 뭐야, 행복해!' 그럴 때는 춤추면서 걸어
가. 아무도 신경 안 쓰고.

또 계절이 주는 공기의 향기랄까 온도라고 해야 하나…. 나한테 익숙한 공기의 냄새가 느껴질 땐 그리워서 눈물이 나. 20살 때 저녁에 편의점에 먹을 거 사러 가려고 딱 나왔는데 그 때의 공기가 19살 때 야자 끝나고 집으로 갈 때 공기와 똑같아서 울어버렸어. 울었지만 좋아서 우는 거라구!

노을 질 때 걸어가는 게 좋아. 느긋하고, 버스도 느리게, 사람들도 느리게, 시간도 느리게 가는 상황에 나 역시 느리게 갈 때. 이런 여유로움을 즐기면서 하루하루를 사는 게, 그런 하루들이 내 인생의 마지막까지 모인다면, 죽는 것도 두렵지 않을 것 같아서 스스로의 삶에 자신감이 생기고 기대가 돼. 인생은 결국 일상의 모음집이니까.

일기

김기훈

오늘 일하는 곳에서 전등을 갈았는데
문득
나는 오래 쓴 전등 같다는 생각이 들었다.
너무 당연하게 오래 보아왔어서
빛이 죽어가는지 몰랐다.
갈 때가 다 되서야
빛이 예전의 빛이 아님을
밝음도 예전의 밝음이 아님을 알아챘는데
요즘들어 사그라드는
내 안의 전구도 갈아야 할 때인가 보다.

김주환

건
빵
과

팝
콘

사
이

1.

서랍 한구석에 건빵 봉지가 하늘 높은 줄 모르고 쌓여 있다. 허니니 빠다니 하는 것들이 과자 업계를 주물럭주물럭하는 요지경 같은 세상 속에서는 맛도 디자인도 미니멀리즘의 극한값에 수렴하는 건빵 따위는 이젠 살아남을 수 없는 걸까. 문득 건빵 봉지에 적힌 HARDTACK이라는 글자가 서러워져 봉지를 뜯으니 미주 대륙 밀밭의 금빛 냄새가 가득 풍겨 오른다. 고소한 소맥분 향기에 취해 황금 비율을 자랑하는 직사각형 바디를 이리저리 굴려보다 한입 깨물고 만다. 그때 입 안에서 터지는 밀의 향연. 달콤한 곡물향이 종소리를 울리고 눈앞에는 밀레의 '만종'이 펼쳐진다. 아, 엄마야 누나야 밀밭 살자. 특유의 딱딱한 바디가 축 늘어지고 나면 건빵은 부드럽게 녹아내린다. 재빨리 다음 건빵을 집어 입 속에 밀어 넣는다. 여지없이 울리는 만종의 소리. 그 한 덩이 종소리를 피워내기 위해 이름 모를 일본인 기술자는 그렇게 건빵 구멍을 뚫었나 보다. 또 미국인 농부는 그렇게 트랙터를 몰았나 보다. 경건한 마음으로 건빵과 마주하길 수십 분, 허나 건빵 봉지는 여전히 구멍난 성체들로 가득하다. 오늘도 역시 친히 오병이어의 기적을 증거하며 일용할 양식을 나누는 건빵 앞에서 나는 조용히 눈을 감아본다.

2.

근무를 하다 보면 어떤 후임은 수줍게 종이컵에 팝콘을 채워 주위 사람들에게 나눠 주곤 했다. 그날도 여느 때처럼 팝콘이 쌓인 종이컵을 건네받았다. 그리곤 아무 생각 없이 팝콘 하나를 집어 입에 넣은 순간, 난 깨달았다. 팝콘 이 녀석이 얼마나 위험한지를. 콘소메 시즈닝으로 분칠한 팝콘은 혀에 닿자마자 준비된 사수로부터 사격일발 개시를 외치며 장렬히 터져 버렸다. 펑펑펑. 순식간에 너덜너덜해진 혓바닥 위로 팝콘 무더기는 끊임없이 쏟아졌다. 부드러운 옥수수는 이 틈을 놓치지 않고 입안 깊숙이 파고들었다. 총! 검! 악! 하며 잇새를 쑥 찌르는가 하면 고소한 옥수수향을 내뿜으며 가스! 가스! 가스! 를 소리쳤다. 대체 왜 많고 많은 곳 중 한국에서, 그것도 이 조그만 PX에서 팝콘과 콘소메가 민족대

화합을 이뤘는지 알 수 없지만 둘의 기괴한 짝짜꿍은 실로 굉장했다. 부드러우면서도 농염하고, 뇌쇄적이면서도 담백한 이 모순 속에서 종이컵은 어느새 바닥을 드러냈다. 그리고 정신을 차려보니 눈앞에는 후임이 있었다. 눈치가 빠른 후임은 재빨리 종이컵을 낚아채 팝콘을 수북이 담았다. 후임의 입꼬리는 분명 솟아 있었지만 눈가에는 어딘가 쓸쓸함이 배어 있었다.

3.

삶은 늘 건빵과 팝콘 사이에서 흔들린다. 수수함 뒤에는 화려함이라는 욕망이 일렁이고 다채로움의 끝에는 소박함이라는 죄책감이 우뚝 서 있다. 저염식으로 단련된 나의 미각세포 역시 이 굴레에서 자유롭지 않다. 때문에 항상 고민하고, 선택하며, 후회한다. 해가 떨어지면 배는 고프고 번민은 여지없이 또 부글부글 끓어오른다. 건빵이냐, 팝콘이냐. 밤은 그렇게 깊어간다.

사
라
질
것
들

김주환

1.

슬프게도 추억은 모래와 닮아 있다. 하얀 거품을 일으키며 바스러지는 파도가 모래를 만들어내듯 추억은 끊임없이 넘실거리는 시간의 결과물이다. 애초에 부산물의 운명을 타고난 모래와 추억은 늘 쉽게 잊히기 십상이다. 붉은 태양과 푸른 바다에 눈 먼 사람들에게 짓밟히고 마는 모래처럼 추억은 현재 속의 분주함과 미래에 대한 불안감 사이에서 항상 부대낀다. '즐기기 여지없는' 현실 속에서, '먹고 살기 바쁜' 일상 속에서 모래와 추억은 그렇게 망각되어 간다.

그 와중에서도 가장 가슴 아픈 사실은 모래와 추억 모두 오롯이 만질 수 없다는 점이다. 추억은 그저 밀려나온다. 그 때 그 떨림과 느낌은 잡았다고 생각한 순간 거짓말처럼 다시 도망치고 만다. 마치 손에 가득 움켜쥔 하얀 모래알들이 손가락 사이로 흘러내리듯. 때문에 우리가 할 수 있는 것이라곤 모래를 병에 가득 담듯 추억을 가지각색의 라벨이 붙은 그릇에 고이 채우는 일뿐이다. 정직하고 튼튼해서 오랫동안 추억을 있는 그대로 지켜볼 수 있는 그런 그릇에 말이다.

2.

자그마치 10년도 더 지난 이야기다. 그 시절, 사람들은 '미니홈피'라는 울타리 안에서 '일촌'이라는 이름의 인간관계를 맺었다. 그들은 '도토리'를 화폐로 사용하며 주크박스를 꾸미는 동시에 허세와 감성 사이의 오묘한 글들로 다이어리를 장식했다. 짝사랑하는 친구가 방문자 이벤트에 당첨됐을 때의 짜릿함이 있던 시절이고 지금처럼 자질구레한 광고 글이 없던 시간이었다. 나 또한 '잇몸일으키기', 혹은 '주왕'이라는 이름의 일촌이었다. 똑딱이 디카를 들고 다니며 열심히 사진을 업로드한 아마추어 사진사였고 다이어리 엠블럼을 얻기 위해 매일 성실하게 다이어리를 써내려 간 풋내기 수필가였다. 누구보다 파도타기에 시간을 할애하는 데 인색하지 않았던 '프로 서퍼'였고 뜻밖의 방명록이 얼마나 따뜻한지를 알았던 집주인이기도 했다.

3.

그리고 나는 지금 텍스트 파일로 변환되어 버린 방명록들과 마주하고 있다. 과거로부터 아예 단절되어 멈춰버린 글들은 이제 아무 숨소리조차 들리지 않는다. 미니미가 지워진 메모장 위에는 이제 무미건조한 굴림체의 글자만이 나부끼고 있다. 하지만 이미 화석이 되어버린 글 속에서도 10대 김주환은 거짓말처럼 생기를 띠고 있다. 짓궂은 농에 어수룩히 대답하고, 좋아하는 여자애의 글에 어쩔 줄 몰라 하며 방명록 하나하나에 쩔쩔매는 모습까지, 나의 가장 찬란했던 시간들은 그곳에서 여전히 빛을 잃지 않고 있었다.

이제 햇발에 반짝이는 모래알 같은 10대의 이야기들은 '방명록'이라는 라벨이 붙은 작은 병에 담겼다. 지난날 즐겨 사용했던 싸이월드의 쇠락을 보는 일은 참 가슴 아프지만 그리 애석하지 않은 이유는 그 모래알들의 영롱한 자태 때문일지도 모르겠다. 아마 한동안은 곱게 다듬어진 이 추억들에 취해 숨겨진 모래알들을 더 찾으러 오랜만에 일촌들 홈피를 들락거릴 것만 같다.

김인혜

추억의 방은 전세

추억의 방엔 문이 두 개예요.

안쪽으로 열리는 문들.

쾨쾨한 먼지들이 그 안쪽 공간을 날아다닙니다.

나는 한 때 그곳을 채운 적이 있지만

방을 빼는 일은 언제나 서러워요.

먼지에 난 자국이 선명할 때면

버리려고 집어든 추억들이

얼마나 선명하고도 슬픈지.

모르면, 알지 못하고

알아도, 별 수 없습니다.

말 지우개

유승민

쓰고 지우다, 지웠다 쓴다.
지울 수 있으니 가볍게 썼다.

글처럼 쉽지 않은 말이 있다.
썼다 지울 생각으로 가볍게 말을 썼다.
지우지 못하는 게 말이더라.

말에도 지우개가 있었다면
어느 누가 다쳤을까.

달
밤

유승민

달 밝은 밤
홀로 부끄러움을 느끼다.

밝은 달빛에
혹시나 내 마음 들킬까
누가 볼 새라 옷깃을 여몄다.

누가 보는 것도 아닌데
부끄러워지는 밤
저 달이 괜히 밉다.

김혜진

예전의 나에게

바삐 살아가다 멈춰 섰을 때
예전의 내가 그리웠다.
순수하게 걱정 없이
누군가를 사랑하고
사소한 것을 좋아하고
작은 선물에 웃음 짓던
그때의 내가 그리웠다.

채
우
기

○

아
직
은
따
뜻
한
우
리

채워본다. 물건으로.

채워본다. 먹는 것으로.

채워본다. 누군가의 사랑으로.

채워졌나?

아니다. 부족하다.

다시 채워본다. 물건으로.

다시 채워본다. 먹는 것으로.

다시 채워본다. 누군가의 사랑으로.

이젠 가득 찼나?

그대로다. 오히려 더 빈 것 같다.
무엇으로 채울 수 있을까?

없다.

어떤 물건도 나를 대신하지 않고
어떤 음식도 나를 만족시키지 않고
어떤 사랑도 나를 온전히 사랑할 수 없다.

내가 날 사랑해야지
나 아닌 어느 누구도 나만큼 나를 알지 않고
나만큼 날 이해해주지 않는데

가장 사랑해야 할 것은 나의 존재 받아들이기

그렇지만 가장 어렵다.

다시 나는 나를 포기하고
다른 무언가로 나를 채우러 간다.

깨진 독은 채워지지 않는다.

이관영

비
내
리
는
마
당

얼마 전의 일입니다. 늦은 시간 카페에 남아 잔업을 하고 있는
데 느닷없이 창밖에 비가 내리기 시작했습니다. 턴테이블 위를 흐
르는 LP 음악 소리와 철판 구조물을 튕기는 빗방울 소리가 뜻밖
의 하모니를 만들었습니다. 평소 조용한 저희 카페의 분위기를 떠
올릴 때, 거슬릴 만한 소리임에도 오히려 귀가 즐거웠던 까닭은
오래전 봉곡동이라는 동네에 살던 작은 꼬마아이가 떠올랐기 때
문입니다.

초등학교 저학년 무렵 저는 혼자 집에서 보내는 시간이 많았습
니다. 나이 차이가 많이 나는 형과 누나는 타지에 있는 대학교와
고등학교에 각각 다니고 있었고, 경찰이셨던 아버지 역시 퇴근을
밥 먹듯 거르셨습니다. 때문에 하교 후에는 주로 어머니와 시간을

보내곤 했는데, 그 마저도 할머니께서 폐렴으로 병원 신세를 지게 되신 후로는 어렵게 되었습니다.

그때에 집은 너무 넓기만 하였습니다. 이전에는 장난감을 풀어 놓을 자리도 없던 방이 어찌나 넓던지요. 상자에 담긴 장난감을 방에 가득 쏟아 놓아도 텅 빈 집을 채우기엔 역부족이었습니다.

그 시절 가장 반가운 친구는 무료한 오후에 내리는 소나기였습니다. 텅 빈 집은 속이 빈 장구와 같아서 빗줄기가 양철지붕을 때리기 시작하면, 집은 '웅웅' 우는 소리를 냈습니다. 그 소리를 신호로 하여 저는 손에 쥐고 있던 장난감을 내려놓고 곧장 현관으로 달려갔습니다. 미닫이문을 열고 밖으로 손을 내밀었습니다. 내리는 빗방울을 손바닥에 받아 내기 위해서입니다. 손바닥을 밀어내며 떨어진 빗방울들은 이내 손바닥 한가운데 고여 작은 연못이 되었습니다. 손바닥을 간질이는 촉감이며, 그 서늘한 기운 따위의 것들을 느끼며 한참을 그렇게 서 있었습니다. 그러다 보면 어느새 손바닥 안의 연못은 올챙이와 잠자리 유충이 살고, 부레옥잠이 떠다니는 멋진 연못이 되곤 하였습니다.

빗줄기가 굵어지고, 비가 억수로 내리기 시작하면 콘크리트 마당의 표면을 따라 빗줄기는 강이 되어 흘렀습니다. 그럴 때면 배수로도 제 역할을 하지 못하는 경우가 허다했지요. 이런 비는 마당이 지저분할 때일수록 더욱 반가웠는데, 마당에 쌓인 온갖 낙엽이며, 잡다한 먼지를 쓸어내 주었기 때문입니다. 빗물은 배수구로 빠지지 않고 대문으로 나가 먼 여행을 떠났습니다. 작은 관영이는 언젠가 어른이 되면 자신도 빗물처럼 대문을 나서리라 다짐을 했습니다.

원체험공간이라는 말이 있습니다. 개인적인 차원에서 원체험공간이란 지금의 나를 만든 근원적 공간을 말합니다. 이 공간은 주로 예술적 표현으로 드러납니다. 피아니스트의 연주에서, 화가의 그림에서, 건축가의 설계에서 우리는 그들의 원체험공간을 엿볼 수 있습니다.

누군가 저의 원체험공간에 대해서 물을 때마다 저는 '비 내리는 마당'을 그려 줍니다. 물방울 그림을 좋아하고, 빗소리를 즐기며, 비 오는 날의 서늘함을 늘 그리워하는 저는 십수 년 전 비 내리는 마당에서 상상의 나래를 펼치던 바로 그 어린 것이 자란 어른이니까 말입니다.

황광민

어떤 문장을 입을까

필자는 패션 디렉터가 꿈이라고 합니다

○ 아직은 따뜻한 우리

　　세상엔 수많은 문장이 있다. 예쁘고 멋진 말이 많아서 내가 무슨 말을 새롭게 만들지 않아도 지금 존재하고 과거에도 존재해왔던 말들로도 충분한 거 같다. 하지만 문장도 옷과 같아서 많은 종류의 옷들 중에서도 나에게 맞는, 내가 좋아하는 옷을 골라 입게 되는 것처럼 문장 또한 그러한 점에서 예쁜 것을 골라야 하고 자신을 더욱 가꿔줄 것을 기대하면서 쓰는 것이다.

맛집에 가다

이지수

일상 ○

오늘 하루 열심히 버틴 보람이 있다.

혀끝에서 달콤하게 녹아내리는 하루의 쓴맛들

이 순간만큼은 죽어도 좋아.

윤수연

　　어렸을 때 높은 빌딩들에 둘러싸인 청계천을 걸으면서 이렇게 높고 멋진 건물에서 일하게 되면 참 좋겠다고 생각했다. 시간이 흐르고, 지금 난 서울 어딘가의 건물, 무려 19층 사무실에 앉아 있다. 그렇지만 어렸을 적 동경했던 것만큼 대단한 일들이 벌어지지도 않고, 상상했던 것과는 다르게 특별할 것도 없다.

　　누군가의 말처럼 삶에 완성이란 없는 것 같다.
　　'내가 그토록 찾던 것이 항상 내 손안에 있었던 것일 수 있다.'
　　어렸을 적 꿈꿨던 행복 속에 이미 난 살고 있는 건지도 모르는데…. 너무 큰 욕심을 부리느라 현재의 행복을 놓친다면 그만큼 불행한 것도 없을 것이다.

행복은 내가 정하기 나름, 내가 생각하기 나름이라는 것을 이제
야 조금씩 알게 된다. 지금 내 곁의 당연한 것들에 감사해하는 것
이 어쩌면 가장 큰 행복일 수 있겠다는 것도.

성인

김영훈

교복을 벗고 학교를 처음 갔을 때가
떠오른다.

성인이 됨은 자유, 즐거움일 줄 알았는데
　그곳엔 내 선택에 대한 부담감과 미래에 대한 막막함, 어른이
되어도 별거 없다는 생각뿐.
　모두 이랬을까?

고민하고
또 고민하다
옆자리 친구에게 물으려 해도

멈칫.

우린 그저 수업을, 밥을, 술을 함께하는 사이일 뿐
그 이상도 그 이하도 아닌걸.

외롭고 막막하고 부담스럽고 취해 비틀거리는 게 성인이라면
나는 아직 소년이고 싶다.

송희민

○

아직은 따뜻한 우리

그냥 놓아주렴.

이 세계는 위에서 아래로 내려가는 것이 너무 당연하니까

바람이 불고, 물이 흐르는 방향대로 그냥 놔두렴.

내 방 창문을 열면, 내 눈높이에 딱 맞게 가로등 하나가 놓여 있다.

매일 밤, 난 그 가로등을 보고 무언가를 항상 중얼거린다. 세상의 부조리나, 오늘의 내 모습, 내가 생각하는 가치 같은 것들. 난 중얼거리는 그 시간이 정말 좋다. 3시간이고 4시간이고 그 앞에서는 말할 수 있다. 그 가로등은 나에게 있어서 말 없는 조언자고, 내 우울한 새벽의 친구다. 그게 진짜 사람인 것마냥.

내가 가장 편하게 답을 얻을 수 있는 곳이고, 할 말, 안 할 말 가릴 것도 없이 마음대로 내뱉을 수 있는 유일한 장소다. 평범한 가로등이, 나에겐 그런 의미다.

나라는 사람은 수능을 친 후로 완전히 바뀌어버렸다.

수능 전까지만 해도, '너는 잘 칠 수 있을 것이다. 너는 아무리 망해도 여기는 갈 수 있다. 넌 나날이 발전하는구나. 넌 충분히 더 높은 곳까지 갈 수 있다. 넌 진짜 노력하는구나.'라는 희망찬 말을 들으며 지내왔다. 나도 그런 내가, 노력하는 내가 너무 대견했다. 평생 고3이어도 괜찮을 만큼. 그런 말 하나 들을 때마다, 나는 그 날 밤 가로등을 보며 중얼거렸다.

그런데 수능을 망치고 나서, 한 번도 예비선 상에 두지 않았던 대학교를 오게 되었을 때, 나라는 사람이 너무도 작아져버렸다. 엎친 데 덮친 격으로, 가정에도 안 좋은 일이 생겼다.

일상에 힘이 없고, 의욕이 날아갔다. 자존감은 바닥을 쳤고, 큰 미래를 힘차게 그렸던 그때와 달리, 작은 미래조차 힘겹게 그리고 있는 나를 발견했다.

혼란스러웠다. 난 내가 자신감 있고, 자존감 높은 사람이라 생각했는데 수능 한 번에 사람이 이렇게 뒤바뀌었나. 이게 내가 맞나 싶었다. 어떤 모습이 진짜 나일까. 내가 여기 있어도 괜찮은 걸까. 다른 사람들은 나를 어떻게 생각할까. 남들과 달라지기 위해, 남들이 하는 것을 따라하는 게 맞을까. 이것도 나는 가로등을 보며 중얼거렸다.

언젠가, 나는 가로등을 보며 답을 찾았다.

이건 이렇게. 저건 저렇게. 저게 사람도 아닌데, 가로등을 보고 중얼거리다 보니 해결이 되었다. 저게 사람도 아닌데, 내가 다시 일어설 수 있도록 힘을 주었고 저게 사람도 아닌데, 무척이나 고마웠다. 단지 네가 내 익숙한 친구라서 그랬던 걸까. 아니면 네가 없었어도 해결될 문제였던 걸까. 진짜로 그랬을까.

사실 이 글은 쓰는 지금도 뭔지 잘 모르겠다. 가로등은 무슨 힘이 있었던 걸까. 깜깜한 밤에, 그저 의미 없이 빛나는 가로등을 보며 나는 왜 중얼거렸을까. 나는 그런 사람이 될 수 있을까. 나도 누군가에게 그런 사람일 수 있을까. 너는 이 질문에도 나에게 대답을 줄까.

누군가에게 희망을 줄 수 있고, 누군가의 속마음을 들어줄 수 있는 사람. 자기가 눈에 띄기 위해 빛을 내는 게 아닌, 자신의 빛으로 도리어 다른 사람을 비춰줄 수 있는 사람.

나는 우리 집 앞 가로등 같은 사람이 되고 싶다. 내게 가로등이 그랬던 것처럼.

김예빈

병
동
천
사
의
미
소

학생 간호사인 나에게 3학년의 첫 실습은 굉장히 새롭고도 두려운 도전이었다. 어쩌면 주인의 손에 끌려 강제로 장에 나가 팔릴 운명에 처한 소일지도 모를 일이다.

하지만 난 아픈 이에게 도움의 손길을 전하는 의료인이 되고 싶었기 때문에 두려움보다도 기대감이 훨씬 더 컸던 것도 사실이다. 실습장소로 배정된 곳은 소아청소년과였다. 그곳엔 1개월도 채 안 된 아기부터 17살 고등학생까지 다양한 연령대로 환자가 분포되어 있었다. 체온과 맥박, 호흡, 혈압을 측정해야 할 때도 아이들은 언제나 울고 보챘다. 어떤 아이는 고사리 같은 손으로 안간힘을 쓰며 내 손을 밀어내려고 했다.

지금부터 내가 말하려고 하는 아이도 처음엔 그러했다. 그 아이는 내가 실습을 나간 첫날보다 훨씬 전부터 입원하고 있던 아이였다. 유모차를 타고 보호자의 손에 이끌려 초점 없고 멍한 표정으로 병동을 돌아다니는 게 인상적이었다. 귀엽게 생긴 외모 탓에 나와 같이 실습을 나온 다른 학생 간호사들에게도 인기 만점이었다. 우린 어떻게든 그 아이와 눈이라도 마주치고 싶어서 손을 흔들고 입꼬리가 떨릴 정도로 웃어 보였지만 그 아이는 눈길조차 주지 않고 오로지 앞만 봤다. 하지만 우린 그 모습마저 귀여워서 잠시 쉬는 시간이 있으면 그 아이의 뒤를 졸졸 따라다니곤 했다.

그러다 그 아이와 가까워지게 된 결정적 사건이 있었다. 그 아이의 체온을 측정하는 일을 내가 맡게 된 것이다. 우리 학교 간호사들은 특유의 분홍색 조끼를 입고 있었다. 아이들이 좋아하라고 만든 것 같은데 아이들은 눈길도 안 주고 오히려 어른들이 좋아하셨다.

어쨌건 그 분홍색 조끼를 입고 파란 마스크를 쓰고 그 아이가 있는 1인실 병실 안으로 들어갔더니 그 아이가 날 보자마자 자지러지게 울었다. 도저히 그 아이의 몸 상태를 확인할 수 없을 정도로 울었다. "하나도 안 아파요~ 괜찮아요~" 하고 상냥한 목소리로 아무리 타일러도 통 달래지지 않았다. 보호자들이 난처해 할 정도였으니까.

아직은 그 아이가 날 경계하는구나 싶어서 쓸쓸한 마음을 안고 병실을 나왔다. 하지만 포기하고 싶지 않았다. 어차피 내가 맡아야 할 아이니까 꼭 친해질 것이라고 다짐했다. 그날은 그렇게 다른 업무를 마치고 퇴근을 했다.

실습 둘째 날도 병동에서의 할 일은 비슷했다. 병원 복도에서 마주친 그 아이는 여전히 표정이 없었고 손을 흔들어 보이면 슬쩍 쳐다보긴 했으나 여전히 웃어주지 않았다. 그래서 난 그 아이가 날 정말 싫어하거나 관심이 없다고 생각했다. 하지만 내 예측은 틀린 것이었다.

그날도 역시 아이의 몸 상태를 확인하기 위해 병실로 들어섰는데, 이상하게도 울지 않았다. 복도에서는 나에게 관심 없는 듯 보였지만, 사실은 내 얼굴을 이미 알고 있었던 것이다.

끊임없이 웃어주고 인사한 결과가 이렇게 나오는구나. 내심 뿌듯했다. 물론 좀 칭얼댐은 있었지만 그래도 어제보다는 많이 나아졌다고 생각했다.

그러다 실습 셋째 날에는 놀라운 일이 일어났다.

난 그날도 역시 복도에서 그 아이만 보면 일단 인사하고 웃어주며 조금 더 가까이 다가가서 말을 걸기도 했었다.

그리고 몸 상태를 확인하기 위해 병실로 들어갔다. 겨드랑이 체온을 재야 해서 체온계를 손에 들고 있는데, 아이가 스스로 팔을 들어 올리는 것이 아닌가! 누가 시키지도 않았는데 내 체온계를 보고 온전히 스스로 말이다.

내 마음 속에는 두 가지 감정이 섞였다. 이젠 나를 경계하지 않고 나에게 협조할 정도로 나와 가까워졌다는 기쁨과 그동안 얼마나 몸 상태를 많이 확인했으면 어린아이가 체온계만 보고도 스스로 팔을 들까 하는 안쓰러움이었다.

하지만 사실 나에겐 기쁨이 너무 커서 함박웃음이 지어졌다. 보호자들도 처음 있는 일이라며 모두 웃어주셨다. 그 뒤로 아이는 복도에서 나와 마주치면 같이 웃어주고 가끔은 잘 가라며 손까지 흔들어주는 기적을 보여주었다. 아이에게는 경계심을 풀고 마음을 열어야 할 시간을 충분히 주어야 한다는 것, 친해지기 위해서 끊임없이 노력해야 한다는 걸 깨달은 순간이었다.

실습 넷째 날, 다행히 그 아이는 열이 조금씩 떨어지고 상태가 많이 호전되었다. 이젠 아파하지 않고 아이의 몸 상태를 보려고 하면 조그마한 손으로 내 손을 잡아주기도 했다. 보호자들이 불편해 할까 봐 자제했지만 정말 꼭 안아주고 싶었다.

"다음에 또 보자~"라고 하고 병실을 나가면 문틈 사이로 수줍은 미소를 보이며 손을 흔들어주던 아이. 그날은 하루 종일 기분이 좋았던 것 같다.

실습을 다니면 햇빛을 거의 보지 못한다. 거의 새벽이나 밤에 출퇴근하기 때문이다. 새벽공기와 마주하는 이슬이 차가웠지만, 밤공기에 안겨 있는 적막함이 무거웠지만, 오늘 하루 내내 마음속을 떠나지 않았던 어린아이의 미소는 하얀 달보다 더 큰 빛을 내었다.

그러나 실습 마지막 날, 그 아이는 간다는 인사도 없이 홀연히 사라졌다.

오늘 아침 내가 출근하기 전 퇴원했다는 후문. 분명 오랜 기간 입원하고 앓던 병이 다 나아서 퇴원을 했다는 건 좋은 일이었다. 하지만 마음 한켠에는 다행이라는 생각과 함께 다시는 그 아이의 수줍은 미소를 볼 수 없다는 아쉬움의 얼룩이 점점 더 크게 번지고 있었다. 그 아이가 가고 남은 병실에 다른 아이가 들어섰다. 병실 앞 이름표에 적힌 낯선 이의 존재. 난 몇 번이고 그 방을 지나갈 때마다 이름표를 확인했다.

그래. 적응해야지. 그 아이의 행복을 기원해야겠다.

다시는, 아픈 일 없이 건강하게만 자라라.

일
상

○

마음의 풍경

김연아

○ 아직은 따뜻한 우리

주르르 흐르는 물길 속으로
발을 포근히 담구어 보다
발등을 스쳐가는 피라미 네 마리.

맑고 청량한 물길일까?
발밑에 아우성치는
자갈들이 스스로를 메우고,

잠시 쉬다 어디론가 급하게 떠나는
설렁한 바람이 내 어깨를 툭,

휘청.

다시 발을 내디뎌 보니
부을근 구름이
발을 스윽 감싸더라.

나의 비표준 동의어 사전
자존감=깨끗한 발뒤꿈치

김서현

○ 아직은 따뜻한 우리

발뒤꿈치의 각질을 깨끗이 정리한 날이면, 아무한테도 보이지 않는데 괜히 으쓱해지는 느낌이다. 자존감이란 건 참 묘하다. 엄청 크고 중요한 것 같으면서, 작은 변화 하나에도 높아진다.

박재경

  저는 여름에 내리는 비를 좋아해요. 빗줄기가 땅에 닿아 흙이
튀고, 흙에서부터 땅의 냄새가 퍼지거든요. 잠시나마 더운 공기를
가라앉히고, 모든 생물들은 비를 머금죠. 비가 온 그날 밤에는 어
김없이 풀벌레가 찌르르 울어요. 그 울음소리 들어봤어요? 시원
해진 공기가 창문으로 들어올 때에 저는 초를 켜요. 사실 향초는
겨울보다 여름에 켜는 게 더 좋대요. 당신, 비가 온다는 것만으로
그냥 창 앞에 앉아 가만히 있어 봐요. 마음의 웅성거림이 잦아들
고, 시원한 빗소리만 담길 거예요.

  그렇게 시끄러운 여름을 잠시 내려놓아도, 정말로, 괜찮아요.

○ 아직은 따뜻한 우리

대학을 가려고 입시미술을 할 때 선생님께 자주 지적받던 습관이 있었어요. 제발 쓸데없는 부분 좀 열심히 그리지 마라, 시간이 남거든 주제부의 밀도를 높여라, 아웃라인 선명하게 만들지 마라. 그런데 고작 열아홉 제 눈에는 쓸데없는 부분이 없었어요. 다 선명하게, 더 예쁘게, 최대한 잘 그리리라는 마음이 있었던 것 같습니다.

그림 그려 대학 가고 나니 이번에는 옆길로 슬쩍 새서 글씨를 쓰게 됐습니다. 그때 서실에 제 나이와 비슷한 20대 초반의 수강생들이 여럿 있었는데, 문장 쓰기를 어려워들 하니 선생님께서 이런 말씀을 하셨어요. "문장을 쓸 때는 다 잘 쓰려고 하면 안 된다, 부족하고 아쉬운 데가 있어야 보기 좋다."고.

부족하고 아쉬운 걸 좋다고 느낄 만큼의 성숙한 미감이 없어서 였는지, 역시 한 글자만 아쉬워도 며칠 밤을 새워야 했습니다. 캘리그라피 특성상 디지털작업이 가능하니 셀 수도 없이 스캔도 다시 받고 리터치도 최대한 많이 했어요. 잠은 못 자고, 잘 쓰고 싶다는 욕심은 가득하고, 최고로 예민했던 시기가 아닌가 합니다. 졸필에 자만심 가득했던 대학 졸업반 시절엔 "몇 글자 쓰는 거 대충 써도 괜찮다."라고 하는 말이 그렇게 싫었지요.

그러다 어느 날 두세 줄 되는 문장을 써야 할 일을 받게 됐어요. 밤새 두세 자에 막히고, 다음 새벽에 네다섯 자에 막히고. 그렇게 일주일이 지나고 시안을 보여드려야 할 때가 됐는데 아무것도 나온 것이 없는 상황에 직면해서, 학교작업실에 있던 죄 없는 동기들에게 극도로 예민한 모습까지 보여준 미안한 기억이 납니다.

결국 모든 것을 내려놨어요. '못 써도 좋다'고 생각하고 끝까지 써 내려갔습니다. 붓끝에 어떤 기대도 담지 않은 채로. 그런데 지난 일주일의 밤샘과 백여 장에 가까운 파지가 허무하게도 그 밤에 쓴 한 장이 참 마음에 들더라구요. 완벽함이 오히려 불완전함을 만들고, 불완전한 것이 완벽함을 만들 수 있다는 것을 조금이나마 이해하게 되는 경험이었습니다.

친언니가 사진을 좋아하고 또 잘 찍어서, 제 사진을 보고 이런 말을 한 적 있습니다. 아직 아웃포커싱을 좋아하는 초보적인 사진을 찍는다고. 맞는 말이지만 부족한 저에게는 이 정도도 꽤 발전한 것이라는 생각이 들어요. "가장 좋아 보였으면 하는 부분만 빼고 다 흐려도 괜찮다, 그게 더 좋다."는 선생님들의 말씀을 한 번 더 이해하게 해준 것이 아웃포커싱 사진이었기 때문에….

사는 데도 이런 부족함이 필요하다는 생각을 합니다. 내 삶에 가장 중요한 행복을 챙기기 위해 부수적인 것들은 그저 부족하면 부족한 대로 둘 것, 사랑하는 사람을 더 사랑하기 위해 다른 이들을 필요 이상으로 의식하지 않을 것, 미움이 생기더라도 그 미움을 자꾸 되새겨 선명하게 만들지 말 것. 힘들고 불안한 시간들은 기쁘고 행복한 시간들을 더 가치 있고 선명하게 누릴 수 있도록 하는 배경으로 여길 것.

물론 그 집착과 강박증 속에서 작업을 하고 사는 것도 저의 성장을 도왔고 그만큼 의미가 있었습니다. 그러니 완전히 내려놓고, 극히 평화롭고 아무런 욕심도 없는 상태에 이른다면 그건 그것대로 곤란할 것 같다는 느낌도 들어요. 중도를 찾는 것이 앞으로의 과제인 것 같습니다. 알아가는 삶이기를 기도합니다.

길
을
묻
다

김하은

오늘은 참 이상한 날입니다. 지나가는 저를 잡고 길을 물어온 사람만 3명이나 됩니다.

학교 분수대에서 만난 한 명은 '죄송한데요, 여기 조경학과가 어디죠?'라고 물어왔고,

도서관 입구에서 만난 한 사람은 '예대가 어딘지 알려주시겠어요?'라면서 물었습니다.

그리고 해가 다 저물어간 저녁에 만난 한 사람은 버스정류장이 어디인지를 물었습니다.

모르는 사람에게 길을 묻는다는 것은

어쩌면 쉽지만 어찌 보면 참 어려운 일은 아닐까 하는 생각이

문득 들었습니다.

　자신이 스스로 문제를 해결할 수 있지 않을까 몇 번을 고민하고

　자신의 궁금증을 해결해 줄 수 있을 법한 사람을 물색하고

　그에게 다가가 자신의 사정을 말하고

　그때의 표정을 신경 쓴다는 것은 결코 간단하지만은 않을 거란

생각이었습니다.

　그들에게 정답을 모른다는 부끄러움을 전달하고 싶지 않았기

에 저 또한 세상 친절한 표정을 짓고 맞아 주었지요.

　새삼스레 나 스스로에게도 길을 묻고 싶었습니다.

　가장 어려운 길이라고 생각되면서, 정답을 찾기가 쉽지 않을

것 같은 길입니다.

　그러면서 내 길을 누구한테 물어보면 알려줄 수 있을까

　궁금해졌습니다.

　오랜 시절부터 곁에서 지켜봐 오신 부모님.

　학창시절 나를 가장 예뻐해 주신 선생님.

　아니면, 대학에 와서 만난 평생 지도 교수님.

　때때로 너무도 막막하고 가끔은 답답한 현실에 대해 물어보고

싶었습니다.

하지만 그들은 왠지 정답을 알려줄 수는 없을 것 같습니다.
그 길을 걸어 온 사람만이 그 길을 잘 알 수 있습니다.
왜냐면 그 길을 걸어온 것은 이 세상에서 그가 유일하니까요.

언젠가 자신의 길이 깜깜하다고 느껴질 때,
길을 물어오는 사람에게 대하는 자신을 바라보면서
자신 스스로에게도 그렇게 대하면 어떨까 합니다.

내면 깊이 존재하는 나에게 세상 친절하고 다정한 목소리로 진
심을 다해 진심을 들어주는 시간을 내어 준 적이 있었던가 생각
해봅니다.
　길을 묻는 일은 아주 큰 용기가 필요한 일이기에 스스로에게 용
기를 가득 품고 물어봅니다.

발
광
체
들
에
게

윤나영

일
상
。

달과 별,
그리고 태양 같은 발광체들은
어찌 그리 빛이 나는가?

빛을 두른 것들이
언제나 나보다 조금 더 아름다웠기에
나는
그림자 속에서
군말 없이 사는 법을
배웠다.

그들은

멀리 있어서 반짝이는가,

혹은 반짝여서 멀리 있는가,

그도 아니면

내 것이 될 수 없어서

멀리서 그리 반짝이는가?

가끔 그 하얀 할머니를 기억할 때가 있다.

라스베가스에 잠시 머물 때였다. 서커스 공연장에 들어가 큰 규모와 분위기에 압도되어 반쯤 허우적거리는 정신과 요동치는 마음의 전율로 느릿느릿 내 자리를 찾아 헤매었었다.

고등학교 때부터 버킷리스트에 있던 그 쇼를 드디어 볼 기회가 왔다는 생각에, 생애 잊지 못할 선물을 주고자 몇 달 전부터 가장 좋은 자리를 예매했었다. 세계에서 가장 유명한 서커스 쇼였다. 그런데 그런 가격대가 높은 공연의 로얄석에 앳된 외모의 동양인 여자애가 혼자 툭 앉았다. 대학교 엠티에서나 입을 법한 편한 후드티에 노란색 배낭을 메고 쫄래쫄래 들어와 "Excuse me."를 몇 번 읊조리며 가장자리에서 가장 좋은 자리까지 도달하기에 이

르니, 주변에 모피와 수트를 입은 검고 흰 사람들이 힐끗거렸다.

가방을 다리 앞에 조심스럽게 내려놓고 미리 몇 번이고 읽어본 브로셔를 다시 폈다. 빳빳했던 종이 끝이 안쪽으로 돌돌 말릴 만큼 만지작거렸다. 체한 느낌과 비슷할 정도로 급한 설렘에 제대로 들어오지도 않는 활자를 읽는 척하며 잘 터지지도 않는 휴대전화를 습관적으로 열어보길 반복하고 있을 때였다.

"안녕, 아가. 처음이니? 이 공연은?"

조금은 낮고 퍽 다정스러운 목소리가 옆에서 들려 고개를 돌렸다. 아까 자리를 찾아 들어올 때 곁눈으로 흘끔 보았던 하얀색 할머니가 웃음을 머금은 미소로 날 바라보고 있었다. 자세히 보니 그 할머니는 머리도 백발에 얼굴도 하얀 백인에 걸치신 모피 코트마저 새하얀 색이었다. 입술만 빨갛게 물들어 있어 나에겐 마치 벌써 쇼가 시작되고 공연 속에서 등장한 캐릭터 같다는 생각이 들었다.

범상치 않은 아우라에 주춤거리며 대답했다.

"네…, 공연도 처음이고…, 사실 오늘 라스베가스에 처음 왔어요."

"오, 여행으로? 혼자서?"

"네, 이 공연을 무척이나 보고 싶었거든요. 지금 너무 설레요."

"너무 긴장하지 말고 즐기면서 이 쇼를 충분히 누리렴, 나도 처음 보러 라스베가스에 왔을 때가 너만 한 나이였었지…."

웃으시니 하얀 할머니의 속눈썹 사이의 신비한 푸른 동공이 반쯤 없어졌다. 마치 나를 통해 할머니의 어릴 적 특별한 찰나의 순간을 스치듯 회상하시는 것도 같았다. 그리곤 다시 동공이 짙은 파란 바다색으로 변해 초점을 맞추시더니 꿈에서 깨듯 다급하게 혹은 꿈을 꿀 준비를 하라는 듯 조그맣게 속삭이셨다.

"이 공연을 보는 나만의 방법 같은 것이 있는데 너에게만 말해줄까?(I have a kind of secret method for this show, if you're wondering, can I talk to you?)"

"좋아요! (Yes, ma'am.)"

"자, 지금부터 일 분 동안 나와 같이 눈을 감는 거야. 그리고 이 쇼의 서막인 큰 종소리가 한 번 들리면 하나, 둘, 셋과 함께 '순간을 영원처럼!'이라고 마음속으로 외친 뒤 눈을 확 떠야 해!"

우리는 눈을 감았다. 손끝이 차가워짐을 느낄 때 즈음, 귓속으로 큰 파동이 밀려들어왔다. 나는 마음속으로 세었다.

하나, 둘, 셋! 순간을 영원처럼…!

커다란 빛이 동공으로 순식간에 들어오면서 형형색색의 빛깔의 향연이 장관을 이루었다. 역동적인 움직임에 어디에 먼저 초점을 맞춰야 할지도 모를 만큼 화려한 쇼는 눈을 뗄 수 없었지만, 몇 초의 시간을 내어 곁눈으로 슬쩍 본 할머니의 표정은 지금도 눈에 선하다. 마치 할머니는 꿈을 꾸는 듯, 마치 그냥 소녀 같았다.

가끔,

삶을 살다가 현실의 버거움이 숨통을 콱 죄어 올 때가 있다.

기다리던 소식을 듣지 못한 오늘 같은 날.

삶의 무게에 지쳐서 나를 돌보지 못한 날.

그때 그 티 없이 하얗던 할머니를 생각한다.

그리고 눈을 감고, 괜찮아, 하나, 둘, 셋! 순간을 영원처럼!

이정록

'언젠가'라는 말이 너무나도 미웠다.

내가 바라는 모든 것들이 '언젠가'로 수식될 것들이었고

그 기다림의 끝을 나는 알지 못했으며

언젠가 그것으로 인해 울게 될 것이기에

나는 언제나 '언젠가' 속에서

스스로를 가두며 살았고

그 '언젠가'의 때를 알지 못하기에

더 불안했고 사랑할 수 없었다.

하지만 '언젠가'와 '그럼에도 불구하고'가 만난다면

그것은 세상에 존재하는 말 중에

가장 아름다운 말이 된다는 것을

정말 오랜 후에야 알게 되었다.

'언젠가'처럼 누군가에겐 불완전하고 미운 모습의 나지만

언젠가 나를 수식해줄 누군가를 만나서

세상에 존재하는 모든 것 중

가장 아름다운 우리가 되고 싶다.

이정효

누구나 마음속에
먹구름 하나씩은 키우고 있어

푹 젖은 마음을 이겨내지 못하고
깊게 눌러쓴 우산 속으로 찬 비가 쏟아져 내린다고 해도

차갑게 내려앉은 침묵 사이로
빗소리만이 그 공간을 가득 채운다고 해도

그렇게 내린 비는 작은 연못이 되어
누군가의 마음속을 채워주는 오아시스가 될 거라고

세차게 내린 소나기 다음엔
어스름한 달 주변으로 반드시 찬란한 무지개가 떠오를 거라고

그러니까 지금은 쏟아져도 괜찮다고

그렇게 말해주고 싶었어.

이정효

마음 한구석 쌓여가는
돌덩이들

일상 ○

모서리가 날카로워
여기저기 생채기를 내어놓기도

설 곳 없는 마음을
더 무겁게 만들어 놓기도 했지만

그곳에서도 풀 냄새는 난다.
작은 새싹이 피어오른다.

사랑

너는 만년필

추민경

너는 만년필.

너는 나에게 온 지 얼마 되지 않았지. 네가 없던 과거에도 나는 전혀 불편함 없이 살고 있었어. 관심이 없었으니, 너의 필요성도 느끼지 못했고. 네가 내 삶에 의미 있게 다가올 줄 몰랐다.

너를 처음 만났던 날은 어느 무더운 여름날이었어. 차가 무척이나 막혔지. 너를 사러 가는 길인 줄 모르고, 함께 따라 나선 그 길에서 나는 아무 생각 없이 차창 밖만 내다봤어. 더운 공기가 만들어내는 아스팔트의 아지랑이, 빽빽하게 정체된 차량들이 내보내는 소란스러운 도시의 소음들. 늘 피곤하도록 똑같던 일상 속에서 갑작스럽게 이루어진 만남.

지금에 와서 하는 말이지만, 너의 첫인상은 별로였어. 너는 촌스럽고 고리타분했으니까. 손도 너무 많이 가. 왜 역사 속 많은 사람들은 너를 잡고 있었던 걸까? 이해할 수 없었어. 그래서 너와 잘 맞지 않을 거라고 생각했지. 여느 필기구처럼 그냥 좀 쓰다 말겠지. 그리고 내 방 책상 위 어딘가에 던져져 먼지가 쌓인 채로 내 기억 속에서 잊히겠지. 나는 너 같은 펜은 본 적이 없으니. 너는 지금껏 내가 살아온 삶과는 너무 달랐으니까.

너는 여유를 갖고, 시간을 들여 천천히 사용해야만 했어. 나는 여유도 시간도 없었으니, 그런 네가 불편했고. 그래도 기왕 만났으니, 한번 써보지 뭐. 그렇게 가볍게 시작했어.

처음 너와 적은 문장은 라캉Jacques Lacan의 것. 적히던 그 문장은 아주 더디게 종이 위에 스며들었지. 쉽게 번질 수 있으니, 기다려야 했다. 인내심이 필요했어. 내가 왜 이렇게 기다려야 하는 거지. 그 기다림의 시간 동안 다시 첫 문장으로 돌아가 그것들을 찬찬히 읽어봤지. 그때 알았어. 아, 이게 너구나. 처음을 다시 돌아보게 만드는 존재.

그렇게 생각하고 나니, 너를 드는 순간은 소중하게 남기고 싶은 글일 때, 진심을 담고 싶을 때, 우린 말과 글 없이도 밤새 대화를 나눌 수 있었지. 너는 기억하지? 내가 너를 잡고 건네던 그 생각들을. 수많은 밤을 아무 말 없이 너를 잡고 한마디도 할 수 없었지만, 나는 침묵하지 않았다는 것을. 너는 계속해서 나를 생각하게 만들었고, 나는 네게 걸맞는 글을 적으려고 했지. 너와 나는 알고 있지. 아무 말 없이 조용했지만, 우린 아주 깊은 대화를 나누었어.

불편하게 적어 내려가는 한 글자 한 글자는 볼펜의 그것과는 달랐어. 숨 가쁘게 흘러가는 일상의 시간보다는 조용한 카페에서 혹은 늦은 밤 책상에 홀로 앉아 너를 사용하게 됐어. 효율이라는 단어와 너는 거리가 머니까. 어쩌면 그래서 더 마음이 갔나 보다. 나도 사실은 그런 인간이었으니까. 너는 내가 잊고 지내던 것들을 상기시켜주었지. 빠르게 적히고, 쉽게 망각되는 것들로 가득한 세상에서 너와 느리게 함께한 글들은 조금 더 가슴속에 오래 남는 것 같았어. 너는 낭만적이구나.

너는 萬년필. 너의 만은 일만 만. 그냥 연필과 다르게 일만 시간은 들여야 너를 들 수 있다는 뜻일까. 너의 이름이 무겁게 다가왔다. 너를 쥐고는 아무것도 적지 못했던 날들도 많았지. 너의 존재가 나를 괴롭히던 날들. 아무 글이나 적어대던 펜들과 너는 다르니까. 너를 만나고 어느 순간부터 쉽게 글을 적을 수 없게 되었어. 너와 적은 글에는 그 이름만큼의 무게가 담겨야 할 것 같았어.

글은 쉽게 쓰이지 않는다는 것. 쉽게 쓰인다면, 그 가치도 얕아질 수밖에 없다는 것. 글은 진실될 때, 가장 빛난다는 것을 알려줬지. 아름다운 것은 자세히 보지 않아도 느껴졌지만, 그것을 만들어내기까지는 무척 고통스럽구나. 너는 하나씩 차근차근 나에게 보여주었지. 모든 문장들은 거기 있어야 할 이유가 있었어. 그리고 그 문장들이 자기 자리를 찾아가기까지 아주 긴 인내의 시간들을 볼 수 있게 되었어. 너를 통해.

너의 끝은 아주 예리하지. 예리한 너와 닮은 글을 적고자 했던 나의 바람과는 다르게 내 글은 여전히 두루뭉술해. 촌스러운 내 글이 부끄러워 너를 닮고 싶었어. 그건 나의 과욕일까? 언젠가는 너와 닮은 글을 쓰고 싶다. 그것은 너와 함께하는 여러 이유 중 하나이기도 해.

날 때부터 화려한 문양이 그려진 주변에 비해 너는 자신을 초라하다 여기지. 그러나 이미 너는 너로서 필요한 것은 모두 갖추고 있어. 화려한 문양보다는 질리지 않는 심플한 디자인이 더 아름다워. 다른 이와 비교해 너를 낮추지 마. 너는 내 이름이 아로새겨진 무엇보다 소중한 존재니까. 이름이 적힌다는 것과 새겨진다는 것은 다른 의미를 지니는 것 같아. 너는 내가 각인된 존재.

잉크가 다 닳아버리면 버리고 새로 사는 다른 펜들과 다르게, 너는 잉크를 채우며 오랜 시간을 함께할 존재지. 텅 빈 네 속을 채울 때마다 그런 네가 익숙하지 못해 내 손은 엉망이 된다. 그래도 너를 놓지 못하는 것은 함께하는 그 시간 동안 내 손에서 느껴지는 그 감촉이 황홀해서.

얼마 전 비가 내렸어. 너와 적은 글들이 번질까 품에 안고 뛰었지만, 이미 그들은 형체를 알아볼 수 없었지. 공들여 써내려 간 그 시간을 비웃는 듯. 그럼에도 나는 오늘도 너를 들었다. 그리고 다시 쉽게 번질지도 모르는 이야기들을 적었지. 이 모든 것들을 안고, 너와 함께하고 있어.

　　나는 너를 나에게 가져다 준 그 사람을 사랑하고 있지.

　　너는 만년필.

　　아니, 사실은 그가 만년필.

"뭐해…? 하늘 한번 올려다 봐봐. 너무 예뻐서, 너도 봤으면 좋
겠어."

하늘 보다가 누군가가 떠오른다면, 메시지 한번 보내보는 게
어때요?

하늘을 핑계 삼아 그 누군가도 당신을 생각할 수 있잖아요.

양소현

커피 잔 바닥에 깔린
채 녹지 못한 커피가루 같이
넌 항상 내 마음 바닥에
잔잔하게 깔려 있었다.
아무리 따라내려 노력해도
새로운 물을 붓지 않으면
씻어낼 수 없더라.

거
리

임진오

사랑 ○

너무 가깝지도
너무 멀지도 않지만
더 가까워지고 싶어서
다시 멀어진다.

김영빈

시간이 참 빠르지.
너와 있던 게 어색해서
괜스레 엉뚱한 말들을 하며
네 눈을 피하던 게 엊그제 같은데,
시간이 이렇게 흘러
너를 보는 것만으로도 좋아진 요즘,
용기로는 가질 수 없는 시간 앞에서
결국 그렇게 다음을 약속했다, 우린.
좋은 추억과 잊지 못한 기억들,
함께 했던 그때와, 같이 했던 모든 것.
'늘 함께'라는 말에 나를 넣어줘서 고마워.

손톱에서 마음으로

이혜원

청소기를 돌리면서 침대 시트를 정리하고 있었어. 연두색 시트에 갈색으로 얼룩덜룩하게 뭐가 묻어 있더라고. 그래서 이걸 어떻게 지우지 한참 쳐다보다 물티슈로 벅벅 문질렀는데 지워지긴커녕 물 때문에 진해 보이더라. 생각해보니 봉선화 물이야.

기억 나? 우리는 봉선화가 송알송알 맺히기 시작할 때부터 마음을 키웠어. 하나 둘 피어나던 그 작은 풀 포기가 한 떨기 봉선화가 되었을 때 나는 아파트 화단에 쭈그려 앉아 꽃잎을 땄더랬지. 백반을 넣고 빻아 손톱 위에 올려 자고 나니 침대에 군데군데 묻어 있는 봉선화 물. 손톱이 물들었다는 거에 신나 신경도 쓰지 않았어.

"이 손톱이 첫눈이 내리는 날까지 남아 있으면 사랑이 이루어진대!"

"8월에 다시 물들여 줘."

손톱을 물어뜯는 내 버릇을 알던 너는 그 해 겨울까지 남아 있지 않을 거란 걸 알았던 거야. 우리 둘의 마음이 이루어지지 않을까 걱정스러웠던 거야. 그래서 8월에 다시 물들이면 겨울까지 꼭 남아 있을 거라고, 몇 번이고 내게 부탁했어. 나는 알았다고 새끼손가락까지 걸었지.

지금에서야 발견한 침대의 봉선화 물은 참 신경이 쓰인다. 매년 피던 꽃이 너의 꽃이 되고, 매년 들이던 색이 이제 너의 색이 되었어. 지우려 해도 지워지지 않고 진해지는 색이 되었어. 별 것도 아니었던 것들에 의미를 부여하고, 그 때의 나를 찾고, 너를 생각한다. 축하해. 예쁜 봉선화가 오늘은 내 마음에 자리한다. 네가 내 마음에 자리한다.

별과 같은 너

김신일

사랑 ○

낮에 빛나지 않지만
밤에 빛나는 별처럼

아직 빛나지 않지만
빛나는 날이 올 너.

어떤 그리움

김태우

사랑 ○

살면서 겪는 모든 일과 사람을 기억한다면
우리 뇌는 미쳐 돌아버릴지도 모른다.
자기 전까지 하루 종일 쉴 틈 없이
머리가 돌아갈 때가 있다.
끝내 기억하지 않으려는 최후의 방법으로
기록을 하려고 하지만,
생각에 생각이 꼬리를 물고
때론, 그리움이 되기도 한다.

○
아
직
은
따
뜻
한
우
리

　　중학교 시절인 것 같다. 평행선이라는 의미를 인간관계에 부여
해 보았던 것이.

　　가끔 별것도 아닌 일로 싸우시는 부모님을 보며, 당신들은 언제
까지 평행선만을 그릴 것인가라는 생각을 했었다.

　　어렸을 적엔 부모님을 보며 저렇게 맞지 않는 사람끼리 어떻
게 결혼까지 하게 되었을까 혼자 속으로 도저히 이해할 수 없다
며 자주 되뇌었다.

　　이제 평행선을 그리는 것을 벗어나 두 선이 만날 때도 되지 않
았나 하는 생각을 하면서 말이다.

　　20대의 끝자락에 있는 지금,

갑자기 어릴 적 생각했던 그 평행선의 의미에 대해 다시 생각해보게 된다.

그동안 많은 사람들과 관계를 맺으면서, 몇 번의 사랑과 또 시행착오를 겪으면서 평행선에 대한 나만의 정의가 완전히 달라지게 되었다.

과거에는 가까운 사이일수록, 특히 연인 관계일수록 두 사람이 평행선을 그리는 것은 좋지 않다고 생각했었다. 서로 다른 두 선이 만나 하나의 점을 찍어야 하는 것, 그것이 사랑의 결과물이라고 생각했다.

그렇기 때문에 상대방을 내 기준에 맞추려 그토록 애를 썼던 것 같다. 나 또한 그의 선 끝에 닿기 위해 좋아하지도 않는 것을 좋아하는 척, 싫어하는 것을 싫어하지 않는 척하곤 했었다.

그러나,

나와 모든 성향과 기준이 똑같은 사람은 세상에 단 한 사람도 없다. 너무나도 다른 두 사람이 만나 단지 그 차이를 조금씩 좁혀가는 것이 사랑의 과정일 것이다.

가까운 사이일수록 평행선을 그려야 한다.

가까울수록 약간의 거리를 지키는 것이 좋은 관계를 더 길게 이끌어갈 수 있는 방법 중 하나가 될 수 있지 않을까?

사
랑
과　자
존
심

○

아직은 따뜻한 우리

내 자존심보다 우리를 사랑하는 마음

내 자존심보다 상대를 위하는 마음

나는 그것을 사랑이라 부른다.

그것보다 더한 것은 없다.

장병주

짝
사
랑

가끔 수업시간에 뒤돌아보면
친구들과 떠들고 있는
개구쟁이 느낌, 초코 우유 같은 너.

쉬는 시간에 약간은 큰 목소리로
친구들과 수다 떨고 있는
발랄한 느낌, 딸기 우유 같은 너.

때론 놀림 때문에 힘들어 우는 친구를
남몰래 다독여주는
어른스런 느낌, 커피 우유 같은 너.

그런 너를 볼 때마다 마음이 새하얗게 설레지는 건
네가 흰 우유 같은 사람이라서 그런가 봐.

알 수 없는 뽀얀 설렘.
어느 누구와도 잘 어울리는 너.
난 오늘도 흰 우유 속에 퐁당 빠진다.

임승희

너와 내가 사랑이란 걸 하고 있을 때
꿈꾸며 맞잡은 두 손
함께 흥얼거리는 모든 소리는
달콤한 파동이 되어
내 안에 진동을 울렸다.

너를 사랑해서
파스텔 톤으로 가득 찼던
나의 둥근 공간
문득 너와의 이별이라는
막연한 먹구름을 떠올리면

그렇게 밝았던 공간은
잿빛과 연기로 가득 차
가슴은 먹먹하고 숨쉬기가 어려웠다.

늘 사랑으로 연필심이 닳게 글을 썼던 그 때,
딱 한 가지 절절하고 애절한 바람
늘 꿈결 같은 나날들을 보냈던 그때,
딱 한 가지 간절하게
구겨지도록 꼭 쥐어 잡은 바람

나
당신보다 하루라도 빨리 죽기를
소원했다.

그때는 우습게도
그따위 것을 바라고 바랐던,
어설프게 사랑이란 걸 했던 나는
도무지도 당신 없는 삶을 살아갈 자신이 없어서
당신보다 먼저 죽고 싶었다.

정말이지

지금 생각해보면

그때는 우습게도

너를 정말 온 마음 다해 사랑했다.

임승희

○
아직은 따뜻한 우리

이별로 사랑이 어려운 당신과
그저 사랑이 어설픈 내가
나란히 앉았어요.

나보다 더 어른 같아
왠지
쑥스러웠어요.

부끄러워서, 아니 그냥
당신과
눈을 마주치지 않으려 했어요.

착하다.

내 머리를 쓰담 하는 촉감과

내 눈썹 어딘가에 머물러 있는 시선과

다감한 어투가

다 오롯하게, 다 느껴지는 바람에

어쩔 수 없이 마주친 눈빛에

내 마음을 다 들키고 말았고,

처음의 키스는

갑자기

다음의 키스는

우연히

눈을 마주치지 않으려

애썼지만

어설픈 나는 이미

내 눈에 당신을 머금고

당신의 눈에 나를 새기고 싶었나 봐요.

신정현

장롱 속 전기장판

시린 겨울 너와 난 서로를
보일러 하나 들어오지 않는 방에서
부둥켜 안고 있었다.

진한 밤에서 선명한 아침까지
네가 빨간 눈으로 나를 지켜주었을 때
그제야 나는 너의 눈을 감겨주었다.

이제 너의 따뜻함과 같은 날이 오면
뜨거운 너와 달리 식어버린 나는
널 어둡고 네모난 감옥으로 보내지만

무서운 계절이 돌아와

그곳에서 너를 찾는다면

다시 나를 안아줘, 그때처럼.

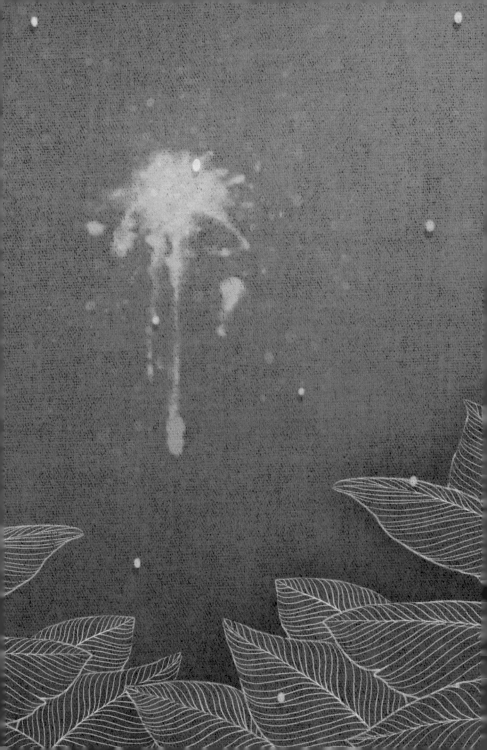

제아민

너의 미래에도 내가 있을까.

만약이라는 단어를 유심히 바라보다

네가 없는 내 미래를 상상해 봤어.

네가 사라지는 건 생각조차 하기 싫은 일이지만

내가 먼저 너를 놓아버릴 수 있다는 그 사실이 너무 아파.

이젠 네가 없는 하루가 어색하다는 생각이 앞설 만큼

너는 내게서 뗄 수 없는 존재가 되어 버렸는데

이런 생각을 해야 한다는 게 너무 아파.

아, 그래서 오늘은 꼭 물어 보고 싶었던 말이 있었어.

"너의 미래에도 내가 있을까."

숨, 그리고 쉼

제아민

○

아직은 따뜻한 우리

억지로 내뱉지 않으면 숨조차 마음대로 쉴 수 없던 나

마지막 숨을 뱉어내고 세상을 등지려는 순간

회색빛으로 가득했던 세상을 눈부시게 만들어준 너

사
랑

○

나라는 존재가

다른 모든 사람들에겐 소설일지라도

적어도 너에게만큼은

나는 시이고 싶었다.

발단과 전개, 위기, 절정을 거쳐

너에게 도달하는 결말의 길,

소설처럼 형식에 얽매이고 싶지는 않았다.

장황한 서술로 나를 허구적 이야기로 쓰고 싶지는 않았다.

길고 긴 서사 구조가 아닌,

그래서 자칫 지루할 수 있는 산문이 아닌

한번 스쳐 지나간 다음,

그 의미가 궁금해 자꾸 펼쳐보게 되는 운문이고 싶었다.

너의 앞에선 말을 아끼고 싶었다.

수많은 표현을 함축한 채로

마치 단어 하나에 스며든 감정이

그 양을 주체할 수 없어 흘러넘치는 것처럼,

내 눈이, 내 손이 그러하기를 바랐다.

시를 읽을 때 입 안에서 시구를 머금은 채로

그 의미를 곱씹어 이해하는 것처럼,

나의 마음도 네가 한 번 더 되새기기를 원했다.

그렇게 나는 네가 읽는 시 한 편이 되기 위해

오늘도 마음을 함축한다.

단어 하나에 또 한 번 마음을 심는다.

너에게 시로 다가가기 위해

나는 오늘도 문장을 지운다.

가까워지기 위해 멀어지는 한 편의 운문을

너는 과연 알고 있을까.

태풍

오세민

내가 만약 태풍에 이름을 붙인다면
사랑이라고 이름 짓겠어요.
태풍과 사랑은 닮은 점이 참 많거든요.

마음이라는 영역에 찾아와서는
여기저기 휘저어놓고
빠져나가거나 소멸해버려요.

태풍이 지나간 자리는 이곳저곳
피해를 입지 않은 곳이 없어요.
사랑도 마찬가지죠.

사랑이 지나간 후에 마음은 이곳저곳
상처를 입어요.

그래도 태풍이 한여름에 시원함을 가져다주고
적조현상을 완화시키듯,
사랑도 마음에 활기를 불어넣고
설렘을 가져다주어요.
그래서 사람들은 설렘을 얻기 위해
쓰라림을 견디는지도 몰라요.

사랑은 태풍과도 같아요.
내가 만일 사랑에 이름을 붙인다면
태풍이라고 지을 거예요.

설
거
지

오세민

사랑 한 공기를 다 비웠을 때
마음에 남은 것이라고는
덕지덕지 붙어 있는 미련 몇 톨뿐.

눈물로 헹구어 봐도 떨어지지 않는 미련을
애써 떨구려
거품 가득한 거짓말로
잔뜩 날 선 말과 함께 박박 문지른다.

애써 떼어낸 미련의 잔해를
다시 한 번 눈물로 씻어내고

수도꼭지를 잠근 뒤
건조대 한켠에 내 마음 올려놓고
눈물이 다 마르기만을 기다린다.

미련의 흔적 없이 후련한 마음
찬장에 넣어두면
마침내 사랑도 끝.

한 번의 여름과 한 번의 가을
그리고 우리는 또 하나의 계절을 보냈습니다.

여름엔 그림자마저 사랑이었고
가을엔 낙엽 밟는 소리까지 사랑이었으며
겨울엔 소리 없이 내리는 사랑이었습니다.

분명히 봄엔 살랑거리는 바람마저도 사랑이겠지요.
사계를 함께 보낸 뒤에도
우리는 역시 사랑이었으면 합니다.

　H에게선 시중에 파는 빨간색 섬유유연제 냄새가 났다. 나는 그 냄새를 좇아 같은 제품의 다른 색상을 구입했으나 동일한 냄새가 나지 않아 이내 섬유유연제를 구석에 처박아 버렸다. 색상이 같지 않아서일까, 나는 다시 빨간색 섬유유연제를 구입했으나 실패를 거듭할 뿐이었다.

　H의 냄새는 빨간색 섬유유연제보다 더 묽었다. 나는 곧 그게 H의 살갗에서 나는 냄새라는 것을 깨달았다. 그리고 나는 습관처럼 H의 목에 코를 박았다.

　너의 냄새를 사랑해, 라고 말했을 때 H는 우스꽝스러운 표정을 지었다. 나 말고 내 냄새를 사랑한다고? 라는 말을 덧붙이면서. 나는 달리 설명할 길이 없어 코를 쿵쿵댔다. 그런 내 콧등을 쓸어주는 H의 손이 후끈거렸다.

가끔 사랑이 눈에 보이지 않을 땐 어떻게 해야 하는 거냐는 물음에 H는 자기 전에 베개 옆을 가만히 쓸어보라는 대답을 했다. 나는 곧장 그날 밤 모로 누워 베개를 쓸어보았다. 거짓말처럼 H의 후끈거리던 손길이 떠올라 가슴이 콱 막혀왔다.

한 시간을 보기 위해 세 시간 동안 버스를 타고 달려간 적이 있었다. 우습게도 우리는 이 모든 상황을 탓하며 울적한 마음을 달랬다. 참 웃기지? 사랑하는 사람끼리 매일 보지도 못하게 만들고 진짜 별꼴이야, 라고 말하는 H의 목소리를 들으니 정말 별꼴처럼 눈물이 났다.

결국 버스를 잘못 탄 것을 깨달았을 땐 이미 남아 있는 시간이 거의 없을 때였다. 창밖으론 들뜬 얼굴로 줄을 선 사람들이 그득한 놀이동산이 보이고, 나는 마음이 무너지기 시작했다. 눈물이 자꾸 나는 바람에 나는 다시 사랑이 눈에 보이지 않았다. 뿌옇게만 아른거렸다. 당장이라도 베개를 만지고 싶은 마음이 가득 차올랐다.

그렇게 버스에서 내려 H를 마주했을 때, 비로소 사랑이 눈앞에서 자꾸만 움직였다. 사랑이 아니면 설명할 수 없는 것들. 그래서 나는 다시 H의 목에 코를 박았다.

다
정
한

침
묵

침묵이 편안함을 줄 때가 있다. 너와 나는 깨진 유리 조각을 맞춘 듯, 그렇게 편안하고도 당연하게 들어맞는 쌍이라서 가끔은 침묵이 따뜻하게도 느껴진다.

너는 그저 거기서 숨을 쉬고 다른 곳을 보고 멀뚱히 다른 생각을 하고 있지만 나는 그게 좋다. 나의 침묵을 변명하지 않아도 되는 우리의 관계가 퍽 마음에 든다.

카페 안을 이리저리 둘러보다 너를 보았다. 나의 시선 안에 네가 있어 좋다. 세상에 너라는 사람과 함께한 하루를 더하게 되어서, 오늘의 24시간을 너와 채우게 되어서 좋다. 네가 하루만큼 더 익숙해지고, 네가 하루만큼 더 좋아졌다. 오늘도 좋다, 네가.

김수민

너에게 받은 낱말들

○ 아직은 따뜻한 우리

서로가 알고 있는 가장 예쁜 낱말들을 골라
가장 따뜻한 온도의 목소리와 빠르기로
서로의 앞으로를 응원하고
서로의 힘든 어제를 보듬고
서로의 지금을 안아줍니다.
돌아올 때엔 바닥난 낱말 덕에
입을 꾹 다물고 침묵하지만
조용히 이불을 덮고 누워서
오늘 너에게 받은 낱말을
하나하나 헤아릴 때면
이불보다 더 따뜻해진 마음 때문에

더운 숨만 몰아쉽니다.

다음 만날 때까지 꼭 안고 있을게요.

잘 자요.

첫눈과 우산

원희상

○

아직은 따뜻한 우리

투명한 우산을 꺼내 들었어.
올해의 첫눈을 조금 더 가까이서 보려고.

차갑도록 포근한 눈이
조금씩 우산에 내리는 게 보여.

사람의 마음도
우산처럼 투명했으면 좋겠어.
조심스럽게 쌓이는 내 마음이
네게도 다 보이도록.

애
증   조민희

마냥 좋기만 할 수는 없지요.

　서운하고 이해 안 될 때도 있지만 결국 얼굴을 보면 한순간에
풀어지는 것이 진짜 좋아하는 것이겠지요.

　愛憎.

　가족한테나 친구한테나 이것이 없다면 사실 그 사람을 진정 좋
아한다고 볼 수 없겠지요.

조아라

○
아
직
은
따
뜻
한
우
리

　　밤하늘 수놓아진 저 많은 말줄임표가

　　그동안 내가 너에게 하고 싶은 말을 대신 해왔다는 걸 너는 알

리가 없다.

　　그저 별을 올려다보는 너의 옆모습을

　　한참이나 바라볼 수밖에.

난 표정에 콤플렉스가 있다.
덧니 때문에 웃는 걸 싫어한다.

그런데 넌 내가 웃는 게 좋다고 한다.
내 웃는 모습은 참 못생겼는데 말이다.

너 앞에서 웃지 않으려고 노력을 해도
너만 보면 자꾸 나도 모르게 웃음이 나온다.

그런 모습을 보고 넌 또 좋아한다.
내가 널 많이 좋아하나 보다.

당신이 그리운지도
모르겠습니다

나선옥

○ 아직은 따뜻한 우리

가을색이 유독 붉은 이유는
어쩌면 가을이 제가 당신을 만난 계절인 까닭인지도 모르겠습니다.

신선한 바람을 타고 날아가라고 만들어진 이 낙엽에
'그립다' 적어 날리면 당신이 보고 나를 떠올려 줄까요.

야속히도 낙엽은 나보다 먼저 젖어 그리움의 무게가 더해지네요.
젖을수록 더 진해지는 이 낙엽은
짓밟아도, 갈기갈기 찢어도 변함없는 가을색이네요.

당신을 사랑하는 마음은 없었다가도

가을만 되면 붉어지는 게

당신이 그리운지도 모르겠습니다.

늘 그 자리에서 변함없는 붉은 색으로 나를 기억해주시런지요.

일 년에 한 번 이따금

가을색, 가을색으로요.

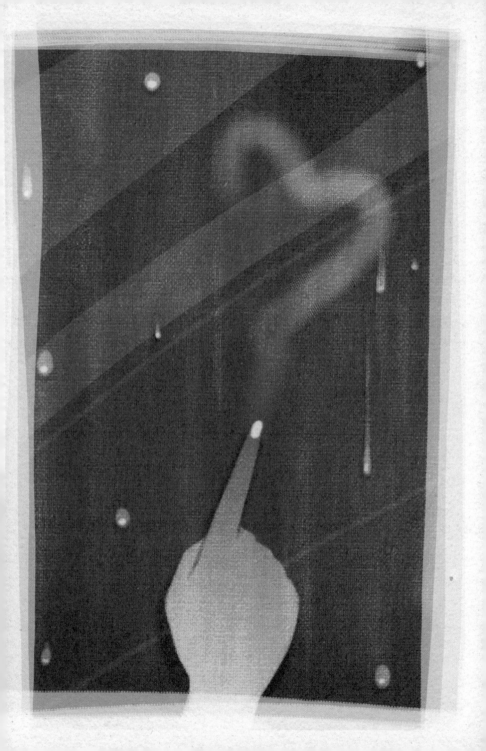

프
로
포
즈

이슬아

사
랑
o

너는

산꼭대기까지

나를 업고 가겠다 했다.

나는 업혀서 가려고 생각했다.

그러나

나는 너와 등산하고 싶다.

알도 배기고,

숨도 헉헉대고,

물집이 잡히고,

돌부리에 걸리고,

나무에 스쳐 상처가 날지도 모르겠다.

너와 풍경을 도란도란 더듬고 싶다.

손잡고 갈까?

저 바위에 앉아 쉬었다 갈까?

그리고

가끔은

사람들이 없는 등산로에서

너의 볼을 껴안고 뽀뽀도 하고 싶은 것이다.

그래,

나는 너와 등산을 하고 싶다.

찐득찐득한 발냄새도 나눈 사이가 되고 싶은 것이다.

우리

등산하러 갈래?

○
아
직
은
따
뜻
한
우
리

김성일

사
랑

○

짝사랑은 달과 같아.

마음이 차오르면서
영원토록 너를 사랑할 수 있을 것만 같은
느낌이 들기 때문이야.

그러나 언젠간
그렇게 꽉 차오른 마음을
초승달처럼
천천히, 가슴 떨리게
비워야 할 때가 있는 법이야.

어쩌면

김영훈

○
아직은 따뜻한 우리

책은 낡아 노랗게 물들었고

이 책을 너에게 받았던가
하고 나는 생각하지.

책장 하나하나 넘길 때마다
새어나오는 추억내와
떠오르는 그때의 기억들.

기억하려나
생각했을 때

숨어 있던 낙엽 하나
툭 떨구어진다.

잡으려는 손안에서
바스러지는 그.

너

○ 아직은 따뜻한 우리

수박을 한입 베어 물면 입안 가득 퍼지는 달콤함과 청량감에 여름이 왔구나 느껴지고

붕어빵을 한입 베어 물면 따뜻함과 훈훈함에 겨울이 왔구나 느껴져.

나는 가끔 생각하곤 해.

너를 한입 베어 물면 좋은 향과 너의 미소에 사랑이 왔구나 느껴지겠지 하고 말야.

간지러운 마주보기

눈에 넣으려는 듯
날 빤히 쳐다보는 널 마주보고.

얼마 가지 않아 한 선에 걸려 있던 두 눈동자가
공명하듯 떨려 와서.

그 간지러움을
우리 둘 중 더 참지 못하는 내가 먼저 피하고.

보고 싶을 것 같다는 네 말에
얼굴까지 빨개져버린 나는

고개마저 푹 숙이고.

널 바래다주고 돌아오는 길에 올려다 본 하늘은
비가 온 뒤라 티 없이 맑았고
여느 날보다 많던 별들을 보며
왠지 날 쫓던 네 눈빛을 떠올리고.

이내 간지러움을 왜 더 참지 못했을까.
좀 더 마주했더라면
얼마가 지나야 네가 간지러워 피했을까.

좀 더 마주했더라면
지금 네가 조금은 덜 보고 싶어졌을까.

이런 저런 생각을 하다
결국은 네가 보고 싶어 아쉬운 이 밤.

사
랑

∘

내가 제일 좋아하는 겹벚꽃 말야.
생각해보니 너랑 처음 봤더라.
너네 집 바로 앞에 꽃이 활짝 피었었잖아.

너무 예뻐서
사진을 찍으려는데
바람이 자꾸 불어서 가지가 흔들려 가지고.

그 때가 또 벚꽃은 다 지고 겹벚꽃만 남았을 때
여름 바로 직전이라
비도 살살 올 것 같은 때였어.

그래서 내가 사진 찍을 수 있게
네가 그 가지를 잡아줬었는데.

겹벚꽃 사진은 그게 처음이자 마지막이라
내 핸드폰에 가만히 뒀거든.

이것저것 뒤적이다 겹벚꽃 사진을 보면
꽃이 아니라
그 가지 끝을 잡고 있는 네 손이 자꾸 보이더라구.

평면의 결정 조건

안희선

거리낄 것 하나 없이
드넓게 펼쳐진 평원 위를
어느 날은 천천히
가끔은 또 빠르게
자유로이 활보하는 무수한 점.

한 번의 우연이 만남으로
또 다른 만남이 인연이 되면
인연은 운명의 탈을 쓴 채
지평선 저 너머로 뻗어 나가는
하나의 직선이 된다.

갓난아이의 티 없는 눈망울을 따라가다
쓰디쓴 뒷골목 술기운에 멈칫하지만서도
닿을락 말락
조심스레 발걸음을 맞춰 본다.

오늘 밤도 어김없이
잠 못 든 이들의 창가에
달빛이 그득한 것은
너와 나, 우리가
같은 평면상에 존재하는 까닭이다.

사
랑
에 닿
으
면,
누
구
나 시
인
이 된
다

At the touch of love,
everyone becomes a poet.
— 플라톤

○

아
직
은 따
뜻
한 우
리

너는 내게 너를 사랑하느냐고 물었다. 정말로 사랑하느냐고. 나
는 망설임 없이 너를 사랑한다고 말할 수 있다. 너와 사랑에 빠진
순간까지도 말해 줄 수 있다.

지난해 5월 어느 날, 너는 내게 산에 가지 않겠냐고 물었다. 그
날은 날씨도 좋았고, 딱히 할 일도 없어 나는 그러자고 했다. 우리
는 마드리드 시내에서 한 시간 남짓 떨어진 세르세디야(Cercedilla)
에 갔다. 너는 몸이 약한 나를 생각해 가장 완만하고 짧은 코스를
택했다. 정상까지 오르는 데 2시간이 걸렸고, 마을까지 내려오는
데 또 2시간이 걸렸다. 내가 이 날을 가슴 깊이 기억하고 있는 것
은 산을 오르고 내려오는 내내 네가 내 손을 꼭 잡고 있었기 때문
이다. 내 손을 잡고 산길을 걸으며 너는 이런저런 꽃 이름들을 알

려주고, 노래를 부르고, 네가 태어난 작은 산골마을 이야기를 해
주었다. 개울을 건널 때에도, 평지를 걸을 때에도, 잠깐 멈춰 앉아
쉴 때에도 너는 내 손을 놓지 않았다. 날이 꽤 더워 손에서 땀이 났
는데도 말이다. 그 날, 마드리드로 돌아오는 버스에서 너의 어깨
에 기대 잠이 들면서 나는 내가 너를 사랑하게 되었음을 알았다.

얼마 전 다시 만난 너는 여전히 어딜 가도 내 손을 꼭 잡고 걸
었다.

너는 내가 울보인 줄 알겠지만, 나는 사실 다른 사람 앞에서 잘
울지 않는다. 나중에 집에서 혼자 펑펑 울지언정 앞에서는 참는
다. 그러나 네가 내 손을 잡고 내 눈을 들여다보며, 내게 일어난 모
든 나쁜 일들이 내 탓이 아니라고 말해 줄 때, 나는 펑펑 울지 않고
는 견딜 수가 없었다. 내게 와 닿는 너의 체온이 네가 하는 말이 진
심이라고 전해주는 것 같았다.

나는 스킨십이 사람이 살아가는 데 꼭 필요한 것 중 하나라고
믿는다. 스킨십이라고 하면 흔히 섹슈얼한 신체 접촉을 생각하는
데, 친구와 팔짱을 끼거나, 어린아이의 머리를 부드럽게 쓰다듬거
나 하는 애정이 담긴 신체 접촉 모두가 스킨십이다. 연인간의 스
킨십이라고 모두 섹슈얼한 것도 아니다. 사랑하는 사람과 피부가
맞닿을 때의 행복한 느낌은 굳이 스킨십을 하면 옥시토신이 분
비된다느니 하는 과학적 설명이 없이도 알 수 있다. 오랫동안 잊

고 있었는데, 마주잡은 손에서 느껴지는 너의 온기가 다시 일깨워 주었다.

마드리드의 길거리에서는 종종 두 손을 꼭 잡고 걸어가는 노부부를 볼 수 있다. 그들은 서로 보폭을 맞추며 손을 잡고 걸어왔기 때문에 긴긴 세월을 함께 할 수 있었던 것이 아닐까. 너와 함께라면 나도 그렇게 될 수 있지 않을까.

봄
향
기

금소연

완연한 봄 향기에 살며시 미소가 지어진다.

그 향기는 지쳐 있던 내 몸과 마음을 녹이듯 나를 감싼다.

너와 닮은 향기에 기분 좋은 마음이 나를 설레게 한다.

사
랑

○

후
회

○
아직은 따뜻한 우리

당신이 너무 사랑스러운 탓에
그대를 품으며 난
질투와 시기도 품었네.

곁에 있는 당신을 착각 속에 내몰며
그리움도 품었네.

그대만 품어도 모자랐을 내 마음
알고 나니 그대
정말로 그리운 사람이 되어버렸네.

가
족

어머니가 사오신 바나나가 무척이나 맨들거립니다.

껍질도 잘 안 벗겨지고 한입 베어 물면 단맛보단 끈적거리는 텁텁함이 느껴집니다.

밖에 놓고 서서히 익혀가니 검은 점들이 생깁니다.

바나나 껍질에 얼룩이 지면 달달해지는 것을 그대는 아시나요?

잘 벗겨진 껍질 안에는 달콤함이 한가득이어요.

어머니, 어머니의 얼굴에 얼룩이 점점 늘어요.

어렸을 적 기억은 가물가물하지만, 어머니에 대한 기억은 또렷합니다.

얼룩이 점점 늘어요. 어머니, 저는 좋아해야 하는 걸까요.

어머니가 달아지는 걸 좋아해야 할까요.

보이지도 않는 그 달콤함, 느낄 수도 없는 그 달콤함.

누가 가져가는 걸까요.

누가 느끼는 걸까요.

어머니, 저는 달지 않은 바나나가 좋아요.

어머니, 저는 어머니가 안 달아지셨으면 좋겠어요.

무심코 던진 것이 말이 아닌 상처임을 깨닫곤 수십 번 양치질을 한 적이 있다. 입을 헹구고 헹궈도 찝찝한 기분은 씻어지지 않았다. 미안하다는 말 한 마디면 된다는 것을 미련스럽게 당시에는 알지 못했다. 하지만 안다고 해도 달라지지 않는다는 것을 다시 깨닫는 순간에는 양치질조차 할 수 없었다.

～～～～
김수민

국화반 어린이 올림

2017년
21살

안녕, 엄마!

막내딸이야. 뭐 별일 있냐구? 아니, 별일은 없어.

그냥 미안해서! 참 웃기다. 내가 별일이 있어야 편지를 썼었나
보네. 정말 많이 미안해.

방금 유치원 졸업앨범을 봤어. 내 사진 하나하나 그 속에 담긴
표정 하나하나를 봤어. 참 귀엽더라구. 난 나 같은 딸 낳으라고 하
면 낳고 싶을 것 같다고 생각했어. 그런데 사이에 종이 한 장이 껴
있더라.

1. 우리 아이가 가장 사랑스러울 때: 음식을 맛있게 먹을 때

2. 우리 아이에게 가장 서운할 때: 외출하는데 안 따라 나설 때

3. 우리 아이가 어른처럼 느껴질 때: 자기 일을 알아서 할 때

4. 우리 아이가 아직도 아가라고 느낄 때: 어리광을 부릴 때

아까 유심히 봤던 내 사진들이 떠올랐어. 그리고 아까는 안 보였던, 내 표정을 바라보고 있었을 엄마의 모습 하나하나가 보이더라. 그리고 궁금했어. 이 질문지를 지금 다시 준다면 엄마는 어떤 답을 할까.

나는 엄마가 해주는 음식이 가장 맛있는 것 같아. 사실 어릴 때보다 더 좋아진 거 같아. 어렸을 때는 외식이 그렇게 좋았었는데 이상하게 점점 커갈수록 집밥이 제일 맛있더라구. 엄마는 어떻게 음식을 그렇게 잘할까? 어제 먹었던 김치찌개는 정말 최고였어. 체했었는데도 밥 한 공기 더 먹었잖아, 나. 엄마는 아직도 내가 음식을 맛있게 먹을 때 가장 사랑스러울까? 갑자기 어렸을 때 엄마가 밥 차려줬을 때 2시간 동안 먹는 둥 마는 둥 하던 나를 쥐어박고 싶어졌어. 엄마가 얼마나 속상했으면 내가 음식을 맛있게 먹는 걸 가장 사랑스럽다고 했을까. 미안해. 정말 요즘 나는 엄마가 외출하면 방 안에서 닫힌 문 사이로 '안녕히 다녀오세요.'라고 한 적이 많은 것 같네. 예전에는 항상 엄마가 나간다고 하면 같이 간다고 했었나? 기억도 이제 잘 안 난다. 아, 그건 기억나. 내가 엄마랑 하도 붙어 있어서 엄마 나 몰래 나가지 말라고 엄마한테 신신

당부하고 엄마랑 손가락 끼워 약속하고 복사까지 하고 같이 옆에서 잠들었는데 일어나보니까 엄마가 없는 거야. 얼마나 무서웠는지. 10분 동안 빈집에서 엄마를 찾으면서 울었어. 근데 이제는 엄마가 외출해도 아무렇지도 않아. 심지어 내가 항상 선전포고하듯 말하잖아. 나는 집에 이렇게 같이 있을 날이 얼마 남지 않았다고. 전세계를 누비면서 다닐 거라고. 미안해, 정말.

아, 나는 정말 내 일을 알아서 잘하지. 용돈 대부분도 내가 벌어서 쓰지. 공부도 활동도 그냥 내가 다 알아서 하잖아. 엄마도 이런 나를 무척 대견해하는 것 같아. 나도 항상 엄마한테 당당하게 말하잖아. "내가 알아서 할 테니 신경 쓰지 마세요." 그런데 그렇게 말하니 저번에 엄마가 "참 대견은 한데….."라고 말끝을 흐리면서 약간은 떫은 웃음을 보이던 게 생각난다. 나는 몰랐어. 이런 게 어른처럼 느껴질지. 사실 이제 나는 어른이지. 올해 21살이니까. 그런데도 아직 엄마가 필요해. 엄마는 어쩜 내가 계속 찾아도 못 찾는 걸 금방 찾는지. 엄마는 어쩜 내가 힘들 때 세상 그 누구보다도 가장 따뜻하게 안아주던지. 미안해, 정말. 아직 나잇값을 못하는 것 같아. 근데 평생 이럴 것 같아. 나 아직도 어리광 부리잖아. 완전 아가야. 지금도 이 편지 쓰면서 계속 울었어. 눈물 콧물 완전 다 뺐어. 얼굴 통통 붓겠다, 그치? 생각해보니 나는 나 같은 딸 낳으라면 낳을 수 있겠는데 엄마 같은 엄마는 엄청 어려울 거 같아. 엄

가족 ○

마 정말 미안해. 그리고 정말 사랑해. 진짜. 정말.

어렸을 때 항상 내가 말하던 거 있잖아.

하늘만큼 땅만큼 우주만큼 아니 우주보다 더 사랑해.

P.S. 이번 주엔 엄마랑 같이 목욕을 가야겠어. 나랑 제발 같이 가
줘. 그리고 오늘 엄마 딸 좀 꼭 안아줘.

그리운 아빠를 생각하며 1
―내가 할 일―

못난 나여도
자랑스럽게만 여긴
당신의 말대로
부끄럽지 않게 살아가는 것.

내가
어떤 얼굴을 하고 있어도
가장 예쁘다 하던
당신의 목소리를
기억하며 살아가는 것.

어디에서 무얼 하든지
꿈꾸며, 후회하지 않고
즐겁게 살아야 한다고
조언해주던
매일 저녁 식탁을
곱씹으며 살아가는 것.

이것이 남은 내가 할 일.

오늘은
더도 말고 덜도 말고
딱 이 글만큼만
당신이 보고 싶다.

그
리
운
아
빠
를
생
각
하
며

2

─새벽 2:43─

막 44분으로 넘어가는 시점

이제야 조금 굳어진 것 같은
마른 눈물과
빽빽하게 막힌 코.

오늘도 눈을 감고
당신을 생각하기만 하면 드는
미안한 마음을 곱씹다
어김없이 잠 못 이룬 것이다.

몇 장 안 되는 사진을 보다가
문득 울컥하며 생각한다.
'아- 사진 찍는 법 좀 가르쳐줄걸.'
그래도 인상 팍 쓴 얼굴에 띄운 풋미소가
지금으로선 참 고맙다.

유일하게 남아 있는 목소리
업무용 통화녹음기를 켜고
귀를 가까이 대본다.
세 달 만에 듣는 건강한 목소리가 반갑다.
얼마나 시간이 지났다고
그 사이 낯설어진 내 자신이 속상하다.

오늘도 새벽 하늘에 보고픈 마음을 수놓는다.
이 새벽 하늘, 오로지 당신으로만 가득이었으면.

넓지도 좁지도 않던
나의 다리가 되어주고
나의 안식처가 돼주었던
그 넓은 등이 생각난다.

당신은 내 세상이었다.
졸려 감은 눈을
살짝 뜨고 바라보면,
당신이 걷는 보폭만큼
내 세상이 커졌다.

오늘 밤하늘을 보니
당신 생각이 아주 많이 난다.
한 번의 웃음을 짓기 위해
밤새 아픔을 싸매고 울부짖던
당신의 목소리가 또렷하다.

어
머
니

초등학생 시절, 가족관계를 적는 란에는 부모님의 학력을 적
는 부분이 있었습니다. 저희 아버지 이름 옆에는 항상 대졸이라
는 단어가 붙어다녔고, 어머니께 학력을 물으면 지방 모 대학교
라고 적으면 된다고 하셨습니다. 아버지께 대학교 시절의 이야기
를 물으면 종종 이야기를 해 주셨지만, 어머니께 물을 때면 말을
돌리곤 하셨죠.

영어공부를 하다가, 수학공부를 하다가 모르는 것이 있으면 어
머니에게 물었으나, 어물쩍거리며 단어사전을 찾아보라고 넘기
는 어머니의 대답에 별 생각이 없었습니다.

어느 정도 자랐지만 정신적으로 미성숙하였을 때, 나는 철없게
도 매번 고졸임에도 불구하고 대졸이라고 적는 어머니께 그 이유

를 물었습니다. 어머니는 부모의 학력이 낮음으로써 자식이 제3자에게 놀림을 받지 않을까 심히 우려하셨던 것입니다. 저는 그것을 물은 결과가 되었습니다.

조금 더 자라 정신적으로 한 발짝 더 깊게 생각할 나이가 되었을 때는, 사람들에게는 타인에게 알리고 싶지 않은 비밀이 있다는 것을 알고, 그것을 존중하는 법을 배웠습니다.

성인이 되어 부모님과 술자리를 가질 수 있게 되었을 때, 어머니와 단 둘이 겸상을 하던 날 제 어머니는 아들인 저에게 옛 이야기를 꺼내며 말씀하셨습니다.

"아들, 엄마가 못 배워서 미안해."

제 어머니는 그 한 문장을 자식에게 털어놓을 때까지 장장 20여 년이 걸리셨습니다. 수많은 말이 입 안을 맴돌았으나 저는 그저 묵묵히 눈물만을 떨구었습니다.

어머니, 당신은 저에게 비록 수학, 과학, 영어는 가르쳐 주지 못하셨지만 인생을 살아가는 법을 가르쳐 주지 않으셨습니까. 당신이 영어를 몰라서, 수학을 몰라서 대충 넘어갈 적에 당신의 마음을 몰랐던 저는, 어머니가 꽃다운 사랑을 피우던 나이가 되어서야 그 마음을 이해하였습니다. 지금은 타지에 나와 일을 하고 있으나, 집에 돌아가 그대와 함께 있을 때면 저는 철없던 어린 시절의 저로 돌아가곤 합니다.

그건 아마 어머니의 눈가에 하나둘 늘어가는 주름 속에 자리 잡는 세월이 조금은 천천히 쌓여갔으면 하는 마음이지 않겠습니까.

아버지를 쏙 닮아 쑥스러워 사랑한다는 말 한마디조차 잘 하지 않는 못난 아들이, 뭐가 그리 사랑스러운지 세월을 여담은 손으로 팔을, 다리를, 등을 쓸어내리곤 합니다.

이제는 당신의 아들이 세월이 고이 내려앉은 그대의 손을 한번 잡아보려 갑니다.

사랑합니다, 어머니.

어려서부터 말이야,

내 형제는 어딜 가든 예쁨 받는 아이였어.

그저 가만히, 깊은 보석 같은 두 눈을 깜빡이며 자리에 있기만
했는데, 누가 봐도 귀여워서 어쩔 줄 모르겠는 그런 아이 있잖아.
지나가던 분들이 귀엽다고, 그 조막만한 손에다가 먹을 거며, 때
때로 돈도 쥐어 주셨어. 10명이 넘는 손주들을 보신 외할머니가
유일하게 장터에 데리고 나가, 새 옷까지 사 입힌 아이였다니까.

얼마나 예뻤으면 그랬겠어?

그런 내 형제가 자라서 어른이 됐어. 어느 날은 외국에서 잠시
생활 중인 형제를 찾아간 적이 있었어.

우린 터울이 얼마 나지 않는 남매지간이라 다정은 고사하고, 밥상 위 고기 조각을 두고 사투를 벌이며, 한 대뿐인 컴퓨터를 서로 하기 위해 치고 박고 뒹굴면서 자란 사이야. 흔한 남매사이…, 알지? 그런 내가 찾아갔다고 한들, 형제의 반응이 변변했겠어?

그런데 어떻게 된 일이었을까?

저 멀리서 형제가 본 적도 없는 환한 웃음으로 나를 맞으러 오는 거야. 처음엔 다른 사람인 줄 알았어. 내가 아는 형제가 내게 그렇게 웃어줄 리 없으니까 말이야. 그렇게 나를 환대하는 모습도 처음이었고, 대화를 나누는데 어울리지 않게, 축 처져 있는 모습도 처음이었어.

왜 그러냐고 넌지시 물어봤지. 돌아오는 대답은, "너무 외롭다."는 거였어. 타지 생활이 당연히 외롭지, 그럼. 이라고 나는 대답했던 것 같아. 근데 형제의 모습이 정말 심각해 보이는 거야.

생각해보니 형제에게는 그런 외로움이 난생 처음이었던 것 같아. 한국에서는 누구나가 형제를 먼저 바라봐줬고, 함께 해줬고, 사랑해줬거든. 딱히 사랑 받을 노력을 하지 않아도 형제는 늘 사랑 받아 왔던 거야.

자신을 향하는 그 모든 사랑이 자연스러운 것이라 여기면서 말이야. 형제는 바로 자신의 옆에서, 눈에 띄기 위해 제 목소릴 높이는 연습을 하고, 사람들이 좋아할 일을 찾아 분주한 꼬맹이를 보진 못했나 봐.

바로 나, 말이야.

형제가 자신을 향하는 수많은 사랑들이 어디서 오는 지도 모른 채 둘러싸여 있을 때, 나는 간혹 내게로 오는 사랑 하나에 기뻐하며 보냈어. 남는 시간에는 어떻게 하면 사랑 받을 수 있을지 사람들의 얼굴을 살피고, 기분을 살피는 법을 연구했지.

형제와 있으면 내겐 늘 사랑이 모자랐지만, 그랬기에 더 필사적으로 고민했어. 덕분인지 나는 외지에 홀로 던져놔도 늘 씩씩했고, 뭐든 잘 털고 일어났어.

참 이상하지 않아?

사랑을 잔뜩 가지고 있으면서 정작 그게 뭔지, 어떻게 얻는지 전혀 모르는 내 형제와, 늘 사랑이 부족하지만 사랑의 감사함을 알고, 얻으려고, 나누려고 고민하는 나.

그래, 오히려 사랑이 부족했던 쪽이 더 먼저

사랑을, 그 소중함을 알게 된 거야.

'너'란 존재는 항상 그래.

조금 비어 있지만, 그 비어 있는 만큼 사람을 단단하게 만들어 줘. 늘 충분하게 가진 이들은 볼 수도, 느낄 수도 없는 것을 던져 주고서, 나를 더욱 강하게 만들어 줘.

사랑이 부족한 이들에겐 사랑의 소중함을 알려주고, 홀로 이겨 내는 법을 가르쳐 줘. 그들은 혼자서도 외로움을 대할 줄 알고, 사랑을 존중할 줄 알지.

돈이 부족한 이들에겐 돈의 소중함을 알려주고, 정당하게 모으고 아끼고 쓰는 법을 알려줘. 손에 쥔 만 원을 보며 잠시 술에 취하고 싶은 충동을 참으면, 꼭 필요한 음식과, 중고 책방에서 며칠을 즐겁게 해줄 책도 한 권 살 수 있다는 걸 알게 돼. 그들은 순간을 인내하고, 만 원으로 며칠을 날 줄 아는 현명함을 배우게 돼.

배고픈 사람들에겐 식량의 중요성을 알려주기도 해. 당장의 먹을 것을 구하지 못해서 허덕였던 경험을 아는 사람은, 굶주린 사람들이 꽤 가까이 있다는 것과, 그들에게 자신의 몫을 나누는 방법을 배우게 돼.

너를 만나는 사람들은 항상, 더 강해져 가.
당장에 내 손에 쥔 게 많지 않더라도,
늘 무언가 부족하더라도, 내가 널 탓하지 않는 이유야.
모자란 만큼 나는 강해져. 모자란 것을 견디는 방법과, 채우는 방법을 알게 되니까. 충분한 사람들은 모르는 그 방법을 말이야.

충분한 이들이 너와 마주치게 되면 어떤 표정을 지어야 할지 몰라서 머뭇거릴 때, 나는 웃으며 너를 맞이할 수 있지. 그리고 어려운 문제를 풀듯, 고민하고, 노력하는 거야.

모자란 부분에 대해서.

그렇게 너는 항상 나를 성장시켜 왔어.

57살 아버지 26살 딸

연휴 마지막 날 단잠을 자고 있는데 휴대폰이 울렸다. "딸! 아빠야! 오빠 신혼집 봐주러 서울에 올라왔어. 좀 있다 딸집에 도착할게!" 그러면 안 되는데 짜증이 먼저 났다. "아빠, 나 오늘 바쁜데…." 그리고 곧이어 엄마로부터 전화가 왔다. "아버지가 피곤하신데 너 보고 싶어서 올라가신 거야. 그러니 과일이라도 깎아라." 나는 "응."하고 퉁명스럽게 전화를 끊었다. 한 20분 뒤, 아버지는 새 호스를 사 들고 나의 방에 오셨다.

나는 최근 연식이 15년 정도 된 빌라로 이사를 갔다. 구조는 좋지만 연식이 연식인지라 여기저기 자질구레하게 손 볼 데가 많았는데, 아버지는 새로 이사한 방에 오실 때면 항상 그것들을 고쳐주시곤 했다. "달그락, 달그락." 평소 인기척이 아무도 없던 방에 들려오는 달그락거리는 소리는 꽤 신경이 쓰였다. 세탁기에 온수가 나오도록 해주시고, 베란다문의 도르래를 고쳐주시고, 방문에 안전을 위해 걸쇠 하나를 더 달아주셨다.

사실 나는 그런 것들이 딱히 필요하지 않았다. 아버지께서 고쳐주신 것들은 내 삶에서의 중대한 결핍의 영역이 아니었다. 아버지가 그것을 고쳐준다고 해도 내가 가진 삶의 만족감이 올라가지 않았단 뜻이다. 딸은 이미 26살이었고, 아버지는 임금피크제를 맞이한 57세였다. 장난감 몇 개에도 행복해했던 나는 이제 친구들과 BMW를 살 거라 이야기하고, 좀 더 나은 꿈의 직장을 선망하며, 똥차가 가면 온다는 말도 안 되는 속설의 '벤츠남'을 욕망하고 있기 때문이다.

이 욕망에 꽤 많은 지분이 있는 게 SNS라 할 수 있겠다. 나는 올해부터 시작한 인스타그램에서 핸드폰'창'을 통해 어플을 바라보며 나와 똑같은 '일반인'이지만 매우 다른 '금수저'의 삶을 관음하고 욕망하게 됐다. 57세의 아버지는 더 이상 나에게 그런 비싼 장난감을 줄 수 있는 사람이 아니었다. 다만 딸의 일상이 조금 더 편해지길 바라며 반나절 동안 철물점을 드나들며 방을 고쳤다.

날씨가 너무 좋았던 가을밤, 기분이 좋아 베란다 문을 열고 자고 싶었다. 근데 어머니가 하신 말이 떠올랐다. "건물 외벽에 가스배관이 있으니 바깥쪽 창문을 열고 도둑이 올라올 수도 있을 것 같다. 베란다 문을 항상 잠그고 자라." 오늘 밤은 베란다 문을 열고 정말 날씨를 느끼면서 자고 싶은데, 무서웠다. 바깥 창문을 누군가 열고 들어오면 어쩌지? 가스 배관을 한번 확인해보려고 베란다로 나갔다. 창의 손잡이엔 나도 모르는 사이에 누가 야무지게 꽁꽁 묶어놓은 노끈이 보였다. 절대 창문을 못 열고 들어오도록 정말 단단히 묶인 노끈이었다.

그때 알았다. 아버지의 사랑은, 가을밤 창문을 통해 불어 들어오는 하룻밤의 행복을 선물할 만큼 섬세하다는 것을. 몇 날 며칠 인스타그램의 창을 들여다보느라 우리 집 창도 쳐다보지 못했던 나의 무심함이 참 어리석고도 어리석었다.

어째서 나는 이렇게 모나기만 해서 지금의 큰 사랑에 감사할 줄을 모를까? 심지어 가만히 앉아서 받기만 하면 되는 아버지의 사랑을 말이다. 문득 벌떡 자리에서 일어나 엄마가 시킨 대로 사과를 깎으러 갔다. 아버지는 전과 똑같이 세탁기를 조금 더 손보시고는 오빠와 수지에 집을 보러 가셨다.

김보라

　　언제부턴가 고향을 가면 아빠의 어투가 하게체로 변해 있는 걸 발견하곤 한다. 물론 나에게 쓰는 것은 아니고 특히 이모부에게 많이 사용하는데, "자네, 식사는 했는가?"와 같은 말로 시대를 거슬러 올라간 아빠를 종종 만날 수 있다.

　　그와 더불어 과묵하던 아빠는 어느새 수다쟁이가 되어 있었는데 아빠의 수다스러움이 늘었다는 건 세월이 흘렀단 증거임과 동시에 나도 철이 조금은 들었다는 것이다.

　　멀게만 느껴지던 아빠는 결코 멀지 않은 곳에 있었고, 단 한 번도 멀리 있었던 적이 없었음을 이제야 알게 된다.

알아차림이 너무 늦지 않았음에 감사하고, 보다 가까이 그리고 오래도록 곁에 머무를 수 있기를 기도하고 또 기도하며 살아가야지.

그동안 홀로 장을 봐오신 할머니.
웬일로 오늘은 같이 장 보러 가자 하십니다.

그렇게 나란히 걷는 길.
할머니의 느려지는 발과 가빠지는 숨.

그 사이로
어린아이의
젊은 아가씨의
4남매의 어머니의
많은 날들로부터

참 많은 걸음들이 느껴집니다.

할머니는 말씀하십니다.
조금만 쉬었다 가자.

'새벽은 혼자 오지 않고 가장 그리운 사람과 같이 온다.'

나에게는 내가 잠 못 들고 뒤척이는 새벽마다 찾아오는 사람이 있다. 내가 한 번도 미워한 적이 없이 사랑한 사람이자 너무나도 그리운 사람. 어떤 존재가 사라지고 나면 그때서야 그것의 소중함을 깨닫는다는 말을 온몸으로 느끼게 해 준 사람이기도 하다. 가족들에게도 왠지 모를 부끄러움에 말하지 못했던 내 마음을 여기 고백하려고 한다.

2015년 가을, 추석 전날 걸려온 전화와 그 전화를 받은 엄마의 다급한 목소리를 잊지 못한다. 전화를 받고, 수많은 귀향차량들로 빽빽한 명절의 도로 위를 달려 겨우 병원에 도착했을 때 내가 본 건, 침대에 가만히 누워 계신 할아버지였다. 평소 가장 귀여워하시던 손녀가 왔는데도 반응하지 않는 몸은 차갑게 식어가고 있었다. 믿을 수 없었다. 나는 아직 따뜻한 부분을 찾아 할아버지의 몸 곳곳을 더듬었지만 얼마 남지 않은 온기마저 빠르게 식어갈 뿐이었다. 방금 전까지만 해도 맥박이 느껴지고 따뜻했을 몸이었다. 허무했다. 몇 시간 전의 나는 엄마와 쇼핑을 하고 있었고, 그러느라 할아버지의 마지막 순간에 곁에 있어드리지 못했다. 할아버지께서 혼자 외롭게 마지막 숨을 뱉으셨을 걸 생각하니 죄책감에 숨이 막힐 것 같았다. 그리고 나는 할아버지의 상태가 조금 안 좋은 줄로만 알고 계시는 아빠에게 할아버지가, 아빠의 아빠가 돌아가셨다는 말을 해야 했다.

할아버지가 가족들을 못 알아보고 말씀을 잘 못하게 되신 건 2015년 초반쯤이었던 걸로 기억한다. 오래 전부터 신장질환 때문에 혈액투석을 받아오셨던 할아버지였지만 치매증상은 예상하지 못했던 것이었다. 그 때부터 할아버지는 병원을 자주 다니기 시작하셨고 그 해 여름 내내 병원에 계셨다. 방학이라 잠시 집에 내려와 있었던 나는 아르바이트 대신 매일같이 할아버지를 찾아뵀다. 맏아들인 아빠도 할머니도 못 알아보고 주먹을 휘두르는 할아버지였지만 나를 볼 때만은 웃어주셨고, 알아들을 수는 없었지만 말씀도 많이 하셨다. 내 밝게 염색한 머리카락 색이 마음에 안 드셨는지 머리카락을 가리키며 고개를 절레절레 젓기도 하셨다. 나는 할아버지가 제일 아끼시던 손녀만은 알아보시는 거라고 믿었다. 그렇게 방학의 절반 이상을 병원에서 할아버지의 이야기에 맞장구를 쳐드리고, 산책도 같이 하면서 보냈다. 그런데 내가 서울로 돌아가고 한 달도 지나지 않았을 때, 할아버지께 보여드리려고 어둡게 염색한 내 머리를 보지도 못하고 할아버지는 돌아가신 것이었다.

20년 평생 흘린 눈물을 합친 것보다 더 많은 눈물을 쏟았던 장례식이 끝나고 할아버지의 관은 화장터로 향했다. 화장터는 가족을 잃고 슬픔에 빠진 사람들로 가득했다. 어디선가 노모를 여읜 다 큰 아들의 울부짖음이 들렸다. "엄마! 왜 그 뜨거운 데 들어가 있어! 얼른 나와요…." 그 절규를 듣고 또 다시 눈물이 터졌다. 할아버지의 화장 차례가 오고 관이 화로 속으로 들어갔다. 그리고 몇 분 후, 할아버지는 한 줌의 고운 가루가 되어 우리에게 돌아왔다. 유골함을 받아드는데, 화장터 직원이 물었다. "이건 어떻게 할까요?" 할아버지의 틀니를 고정시켜 주던 보철물을 두고 하는 말이었다. 다른 건 다 타버려 없어졌지만 그것만은 녹아버리지 않고 남아있었다. 그것을 잠시 바라보던 아빠는 버려달라고 부탁했다.

몇 주 후, 할아버지의 49재가 있었다. 아빠가 영정 앞에서는 지킬 수 있는 약속만 하는 거라고 말씀하셨다. 영정 앞에 앉아 나는 할아버지와 약속했다. 뜨거운 화로 속에서도 타버리지 않고 남아있던 할아버지의 틀니 보철물처럼, 할아버지에 대한 기억을 어떤 일이 있어도 잊지 않고 내 가슴속에 오래오래 남기겠다고. 그리고

기도했다. 항상 나를 사랑스러운 눈길로 바라봐주시던 영원한 내 편, 내 할아버지를 생각할 때면 언제고 눈물을 흘릴 수 있었으면 좋겠다고. 그렇게 할아버지는 나에게 눈물샘 같은 존재로 남아, 나의 일부분으로서 나와 영원히 함께할 것이다.

비가(悲歌, elegy)

김재언

비가(悲歌, elegy)란 죽은 사람에 대한
애도 또는 침통한 묵상의 시를 가리킨다.

어린 날이었다. 그러니까, 내가 일곱 살쯤 되었을까. 할아버지 집에 가면 언제나 증조부께서 작은 방에 자리 잡고 계셨다. 내가 절을 하러 방에 들어가면 두유나 사탕 따위를 건네어주시고는 했었다. 다른 것은 기억이 안 나는데 그거 하나만큼은 떠올라.

자신의 증조부를 살아서 만난 사람들은 흔하지 않았다. 나이를 조금 더 먹고 나서야, 장수에 대한 개념이 생기면서부터 알게 된 사실이었다. 그 분은 내가 열한 살이 되던 해에 먼 길을 떠나셨다. 그 분이 오셨던 곳으로 다시.

왜인지는 알 수 없다. 나는 증조부 곁에 있는 것이 무서웠다. 그래서 일부러 피하곤 했다. 혼날 만한 일이었는지도 모르겠다. 눈에 넣어도 아프지 않을 어여쁜 증손주가 자기 곁으로 오지 않으려

한다는 사실을 알면 얼마나 가슴이 아프셨을까?

그 순간을 천천히 돌이켜본다. 나는 죽음의 냄새를 맡은 것인지도 모르겠다. 살아 있다는 것조차 신기하던 어린 날, 목전에 머무르는 죽음이라…. 무서운 것이었을까. 아마도 무서웠겠지. 어릴 땐 죽는 게 제일 무서웠으니.

증조부의 장례식은, 그 시골 마을의 아주 큰 거사가 되었다. 많은 사람들이 모여 가마를 들고, 할머니께서는 목 놓아 곡을 - 그분이 노래를 그렇게 잘하시는 것은 충격적일 정도였다. - 하셨다. 나는 아무런 느낌이 없었다. 살아생전 그 분과 오래 함께하셨던 많은 사람들이 눈물을 흘렸지만, 나는 그게 큰일이라는 것만 알 뿐 마음에 와 닿지 않았다. 좀 슬퍼하려고 해봐도 그다지, 마치 모르는 사람의 일 같을 뿐.

시간이 흐르고 흘러 그로부터 13년이 지났다. 마치 어제 일 같지만, 잘 기억이 안 나는 걸 보니 꽤 옛날 일이 되어버렸나 보다. 지금, 나는 누워 계신 할아버지 곁에 앉아 있다. 많은 수술, 지독한 병마에 지칠 대로 지쳐버린 그를 바라본다. 그 분의 낮과 밤은 명확하지 않고, 시간은 불투명하며, 눈에 보이는 것은 무엇이 진실인지 분간하기 힘들다. 잦은 수술은 그 분의 뇌기능에도 치명적인 손상을 초래하여, 예전처럼 정신만이라도 맑은 상태는 기대하기 힘들다. 사고는 예전 같지 않고, 많은 기억을 잃어버리셨다.

여든 번의 첫눈은 어떤 느낌일까. 여든 번의 벚꽃은 어떤 느낌일까. 나는 좀처럼 할아버지께서 보낸 세월을 가늠하기 힘들다. 해가 뜨는 것마저 지루하지 않을까. 그는 도대체 얼마나 많은 계절을 보내셨을까.

지금 당신은 어떤 생각을 하고 있을까. 예전의 영광을, 젊은 나날들을 기억은 하실 수 있을까? 허망한 것인가. 이 세상에서 보낸 세월은 아홉 구름이 떠가는 것 같은 환상이었을까?

다 추측일 뿐이지만, 나에게 있어 한 가지 확실한 것은 당신을 보내는 일이 이전처럼 아무런 느낌이 없지는 않을 것이란 사실이다. 아직은 다가오지 않았지만 나는 확실히 알 수 있다. 그 분은 나에게 큰 의미가 있고, 나는 슬퍼할 것이다.

허나 산으로 흘러가는 강은 없고 어떤 일들은 막을 수가 없다. 나의 기억도, 할아버지의 기억도 점차 흐려지기만 할 것이다. 이제는 몸을 일으키는 것마저도 쉽지 않아 거의 대부분의 시간을 누워 계시는 할아버지는, 굳이 일어나고 싶은 마음조차 없어 보이신다. 많이 쇠약해지신 그 분을 내 눈으로 직접 보고 나서 난 한동안 공허감과 허망함에 시달려야 했다. 맑은 그 분의 음성이 그리웠고, 나를 달래거나, 이른 아침에 세수하고 오라며 잔소리하시던 그런 것들이 그리웠다. 혹여나 나를 못 알아볼까 봐, 그 근처에서 나는 최대한 큰 목소리로, 그리고 아이 같은 목소리로 할아버지-. 하고 불러야만 했다. 그 분의 마음이 흐린 것을 인정하기가 너무

나도 싫었으니까.

　그렇게 기력이 쇠하신 할아버지를 오랫동안 걱정해오다가 문득 나는 느끼고 있었다. 그건 바로, 죽음의 기색이란 결코 타인의 전유물이 아니라는 사실. 당연한 일이라는 것이 첫 번째. 나에게도 다가올 일이라는 게 두 번째 깨달음.

　나는 여기서 기묘한 삶의 의욕을 - 최대한으로 살아야겠다는 의지 같은 것을 - 느낀다. 그의 곁에서 나는 허망함과 활력의 혼재라는 괴상하고도 역설적인 시각을 가지게 된다. 삶의 끝에 다다른 누군가를 곁에 두고서 '아, 인생이 무상하구나. 그 영광이 무색하구나.'라고 할 수도 있겠지만, 같은 현상 속에서 우리 모두는 각각의 결론에 도달할 수 있지 않은가. 나는, 그 분이 대를 거쳐 나에게 선물해준 시간을 갖고 있다.

　나는 나에게 주어진 시간 자체를 느끼게 된다. 아직은 주름지지 않은 얼굴을 바라보며, 탄력이 있는 살결을 느끼며, 내 몸 안에 깃들어 있는 힘을 느끼며 인간에게 주어진 길지도 짧지도 않은 시간을 최대한 써야겠다는, 그런 생각을 하는 것이다. 내가 내 몸을 자유로이 이끌고, 사랑을 하고, 옳은 생각을 할 수 있는 이 순간. 지금이 나에게 너무나도 화려하고 아름다운 순간이라는 느낌을 미친 듯이 받는 것이다.

　그로부터, 나는 나의 죽음을 매일 상상한다. 나의 죽음을 곁에 둔다. 내가 늙고 병들어가는 그 날이 마치 내일이 될 것처럼 여기고 살게 된다. 그런 일종의 극단적인 공포감은 삶을 최대한으로 일깨워준다. 일어나 몸을 움직이기 싫을 때, 운동을 하기 싫을 때, 공부를 하기 싫을 때, 친구를 만나러 가는 것이 귀찮을 때. 모든 한 순간 순간을 죽음과 결부하는 습관이 생긴 것이다. 죽으면, 아무것도 못 할 테니까. 어떤 일들은 지금 이 순간밖에 할 수가 없으니까.

젊음이 한순간 떠나버릴 것이란 상상 속에서, 나는 많은 세월 후에 '도저히 그 짓을 두 번 다신 못 하겠다.'는 이야기를 하게 되길 원한다. 그만큼이나 힘겹고 꽉 채워진 인생을, 어떤 짧은 순간도 포기할 수 없는 이야기를 만들길 원하는 것이다.

끝을 상상하기에 이 순간을 가장 아름답게 만든다는 것, 충분히 매력적이고 아이러니한 일이다. 꽃이 지는 날이 없다면, 우리는 그 아름다움을 소중히 여기지 않겠지.

나는 그 날을 무서워 할 줄 알기에, 슬퍼할 줄 알기에 이 현실에 최대한 산다. 죽음을 곁에 두고 나서야, 내가 사는 삶을 사랑하게 되었다. 그대 역시, 끝내 지고 말 꽃이라면 아름답게 피어나기를 간절히 바란다.

나는 아이들을 싫어했었다. 특히 공공장소에서 아이가 있으면 불편했었다. 늘 소음이 있었고, 그 소란스러운 느낌이 싫었다. 카페에서 유모차를 끌고 나와 수다 떠는 엄마들이 싫었다. 목소리도 크고 아이들도 통제가 안 되고 굳이 내 돈 내고 그 불편한 곳에 있고 싶지 않아서 아이가 없는 카페를 찾아다닌 적도 있었다. 지금 생각해보면 조금 소란스러운 것 말고 특별히 피해를 본 것이 아닌데도 그랬었다.

지금 나는 31개월이 된 딸아이의 엄마다. 아이가 태어나고 내가 이전에 살았던 삶과는 다른 삶이 내게 왔다. 그 삶은 준비되지 않은 내게 문도 두드리지 않고 비집고 들어와서는 날 흔들어댔다. 잠, 식사, 목욕. 어느 하나도 마음 편하게 하지 못하게 괴롭혔다.

그것들은 날 너무 힘들게 했고 시간이 흐를수록 더욱 높은 레벨이 되어갔다. 내가 적응하고 잘하려고 할수록 나를 비웃듯 더 힘든 육아의 날들이 펼쳐졌다. 누워 있던 아이가 앉고 뒤집고 기고 걸으면서 점점 조심해야 하는 것과 신경 써야 하는 일들이 늘어갔다. 나는 지쳐갔고 슬펐다. 내가 없는 기분이었다.

그러나 그 아이는 아이러니하게도 희망을 줬다. 나는 그 힘으로 다시 일어났다. 아이는 하늘이 우리에게 주신 시련이자 선물이라는 생각이 든다.

지금 아이를 보는 시선은 전혀 다르다. 길을 가는 아이를 보면 그 아이가 얼마나 가정에 기쁨을 줄까. 누군가는 저 아이로 인해 웃겠지. 살아갈 희망을 갖겠지. 나처럼 다시 일어날 힘을 얻기도 하겠지. 그렇게 생각하고 나니 세상 모든 아이는 정말 천사가 아닐까 하는 상상도 했다.

내 아이는 작게 태어나서 덩치가 작지만 그에 비해 말이 빨라서 말하는 작은 인형 같다. 세상 모든 것에 행복을 느끼며, 잘 웃고 잘 놀고 잘 자는 효녀다. 가장 좋은 것은 그 아이도 나를 아낌없이 사랑한다는 것이다. 나에게 그토록 큰 사랑을 줄 수 있는 사람이 세상에 존재할까. 세상에 존재하는 모든 아이들은 아름답다. 그 아이들의 엄마도 너무나 눈부시다.

생존

고태훈

먼 거리를
쉴 새 없이
사력을 다해 달려왔는데

떨어짐에 임하여
한 치의 망설임도 없다.

그렇게 살아가는 것이
용기다.

부
력

송희민

가라앉은 것들이 위로 뜬다. 떠올라서 버틴다. 아등바등 사는 게 의미 없는 게 아니라고, 가득 차 있어도 뜰 수 있는 힘은 거기서 나온다고, 무언가 자꾸만 차서 힘을 풀고 가라앉고 싶어도 우리 적당하게 버티면서 가라앉지 않는 일이 제일 잘 하고 있는 일이라고, 우리 지금 힘듦에 굳이 내 탓을 넣지 말자고 삶에는 잘못이 없다고. 뜨는 일보다 중요한 건 밑바닥으로 잠기지 않는 일이라고.

생존 o

어른들이 말하길 나이가 든다는 것은 삶을 의연하게 대처할 수 있게 되는 것이라고 했다. 시련이 올 때 아무렇지 않게, 까진 아니더라도 최대한 그렇게 받아들이는 것. 그것을 삶의 지혜라고 부른다.

하지만 젊음이 아름다운 이유는 아픔을 의연하게 대처할 수 없기 때문이다. 다가올 때마다, 무방비 상태로 당하고 넘어져 실컷 아파하고, 힘들어하는 것. 그러나 다시 일어나려고 애쓰는 그 모습이, 젊음의 아름다움이다.

삶을 다듬다

~~~~~~

이혜원

날마다 움푹 팬 밭고랑 사이를 걸었다. 딸기도 심고, 고구마도 심었다. 마른 땅에서도 충분히 살아낼 식물을 심기도 하고, 땅을 갈고 묵혀 영양이 필요한 식물들도 심었다. 쉬지 않고 걷다 보면 고랑이 갈라져 한 길이 두 길이 되기도 했고, 고랑이 깊어지기도 했다. 그동안 척박한 땅을 비옥하게 만드는 법을 알았고, 울퉁불퉁한 땅을 고르게 하는 법을 배웠다. 나는 나를 걸었다. 마음이 쩍 쩍 갈라질 때조차 스스로를 살아내게 했고, 평안할 때에도 풍요를 자만하지 않도록 했다. 그렇게 마음의 밭에 열매가 맺힐 때, 밭고랑이 피부가 되어 주름살이 되었다. 삶은 밭이고 밭은 삶이었다.

이혜원

길을 가다 한 네댓 살쯤 되어 보이는 꼬마아이를 보았다. 초록색 하트 모양 가방을 옆구리에 끼고, 핑크색 하트 머리끈으로 머리를 높게 틀어 묶고, 까만색 굽이 낮은 구두를 신은 그 아이는 갑자기 엄마에게 소리를 빽 지르더니, 별안간 발을 쿵쾅대기 시작했다. 자기 딴에는 화를 표현하려 온 세상이 흔들리겠거니 힘을 다해 발을 굴렀겠지만, 들리는 소리라곤 구둣바닥이 보도블럭에 부딪혀 나는 또그닥 소리뿐이었다. 영락없는 새침떼기였다. 미워 보이긴커녕 사랑스러웠다. 아이의 엄마도 혼을 내는가 싶더니 아이를 들어올려 안아주며 생긋 웃었다.

어릴 적이 떠올랐다. 엄마께 꾸중을 들은 날엔 일부러 문을 세게 닫고, 발소리를 시끄럽게 냈다. 나 삐쳤으니 알아줘요, 사랑한다고 해줘요, 하고.

　발을 구르면 세상이 요동할 거라고, 날 뒤돌아볼 거라고 생각했던, 무지가 순수라는 이름으로 용인되고 용납되었던 나이가 때론 그립다. 아이처럼 칭얼대는 방법은 이제 통하지 않으니. 나 삐쳤어요, 사랑해주세요, 하는 마음은 여전한데 말이다.

음
악

김영빈

생
존

○

음악 같은 인생을 꿈꿔라.

어떠한 높낮이에서든 네가 화려할 수 있는 그런 인생을.

청춘

○

아직은 따뜻한 우리

깨어보니

아득하게 펼쳐진 공간.

주위에는 수백 개의 문들.

문들은 제각기

너무나도 멀리에,

손 뻗으면 닿을 곳에,

낡아 보이기도,

새 것 같아 보이기도,

지루해 보이기도,

재미있어 보이기도,

하나 같이

2
3
5

닫혀 있지만,
잠겨 있지 않다.

생
존

○

서하은

○
아
직
은
따
뜻
한
우
리

나를 깨어 움직이게 하는 것은
고막을 때리는 알람 소리가 아니고
뜨거운 커피 한 잔도 아니며
200mg의 카페인 알약 하나도 아니다.

나를 깨어 움직이게 하는 것은
알람보다 시끄러운 나의 젊은 패기이고
커피 잔보다 뜨거운 나의 열정이며
약보다도 강력한 나의 꿈이다.

다짐

김향기

사람을 잃지 말고
사랑을 잊지 말자.

누군가의 누군가가 되어
이 마음을 되새기자.

서좋은

자유로운 나그네

살아보니
살아보니

인생에서
욕심을 내려놓는 것이
좋겠음을
좋겠음을

관계가 되었든
돈이 되었든
명예가 되었든

너무 복잡하게 생각하지도
너무 계산적으로 생각하지도
않는 게 좋겠음을

조금 더 많이 갖는다고
조금 더 많이 누린다고
행복한 것은 아니더라.

그저 이 연약한
그저 이 나약한
인간의 모습이지만

신이 내게 주신
이 목소리로 누군가에게
치유가 된다면
힐링이 된다면

힘든 사람들에게 그 사랑이
흘러갔으면

한 알의 밀알이 죽어

수많은 생명을 살리듯

나는 이 땅에 잠시 왔다가는
나그네임을

잊지 않길
잊지 않길

바라고
또
바라네.

한 달 전 왼쪽 아래 사랑니를 뽑았다. 나는 뭐든 왼쪽으로 음식을 먹는데 이를 뺀 자리에 음식이 낄까 봐 오른쪽 이로 음식을 먹는다. 먹을 때마다 불편하다.

몇 주 전부터는 오른쪽 손목이 아프다. 조금만 움직여도 쿡쿡 찌르는 느낌이 든다. 오른쪽 손을 쓰는 대신 왼쪽 손을 쓰려 한다. 두 손으로 해야 할 일들은 전보다 버거워졌다. 불편하다.

무언가를 상실하니 그 의미를 깨닫는다.
그 자리에서 자기의 일을 하던 것들이 사라지면 불편하다. 나도 내 역할을 못하면 불편하다. 내가 태어난 이유가 없어지는 듯

하면 불편하다.

나를 잃기 전에 내 의미를 찾고 나에게 감사해야겠다.

내가 다른 무엇도 아닌 나로 태어난 데에는 이유가 있을 테니.

유리

박경수

유리창이 바람에 스치는 덜커덩 소리에 잠을 깹니다. 일어나자마자 저를 반기는 것은 괴로움. 그저 늦게 일어나 머리가 아픈 것만은 아닌 듯합니다. 사범대학을 졸업하고 동기들은 제 갈길 찾아가기 바쁜데, 저는 여전히 상아탑 주위를 배회하고 있습니다. 석사. 이 두 글자를 향해 나아가는 제게는 오직 논문이라는 관문이 남아 있을 뿐입니다.

하지만, 이 관문을 향해 한 발자국 딛는 것마저도 쉽게 허락되지는 않습니다. 고뇌란 놈이 저를 천 갈래로 찢기라도 할 것처럼 달려드는 파도가 되어 저를 밀어냅니다. 저는 왜 이렇게 무능력한 것일까요. 참고문헌 속 천재들은 뛰어가며 내게 손을 흔들고 있습니다만, 그들은 아스라이 먼 지평선으로 사라져만 갑니다.

저는 왜 이렇게 태어났을까요. 친구들은 부모님의 용돈으로 재미있게 보내던 대학생활, 제게는 허락되지 않았습니다. 스무 살 캠퍼스의 풋풋함이란, 경제적인 문제에 파묻혔던 제게는 사치 같은 것이었습니다. 왜 저는 다른 사람들처럼 시간을 보내지 못했을까요. 왜 저는 이런 집에서 태어났을까요. 아직 고생 덜 했나 봐요. 투정부리기 바쁜 제 멘탈은 딱, 유리입니다.

친구들이 오랜만에 만나 술이나 먹자고 합니다. 오랜만에 보는 반가운 얼굴들입니다. 장난기 어린 그들은 소주가 테이블에서 바닥으로 한 병, 두 병 내려갈 때마다 목구멍 너머로 신세 한탄을 나에게 쏟아 놓습니다.

"김 과장 이놈은 나를 매일 갈궈. 돌아버리겠다니까? 확 때려치고 싶다, 정말. 내가 이러려고 교사의 길을 포기한 줄 아냐?"

"웃기고 있네. 거긴 어른들끼리라 말이라도 통하지. 요즘 애들은 너무 말을 안 들어. 교사 노릇 해먹기도 너무 힘들다. 무슨 말만 하면 꼰대 취급이야. 우리 아직 서른도 안 됐는데."

"짜식, 너는 좋겠다. 너 학부 때부터 대학원에서 계속 공부하면서, 교과서는 어떻게 써야 되는지 고민도 하고, 그렇게 살고 싶다고 했잖아. 너는 네가 하고 싶은 거 하고 살아서 좋겠어."

아니요, 그런 것 같지만은 않았습니다. 대학원에 다니면서 느꼈던 미래에 대한 불안감. 임용고시에 합격해서 교직에 나가는 친구들, 이곳저곳 취업해서 신세한탄하는 친구들이 그렇게 부러울 수가 없었습니다. 왼손에 들린 소주잔이 보입니다.

'야, 너는 왜 유리로 태어나서, 소주를 담아 나 같은 소시민들하고 어울리는 거냐? 보석, 아니 좀만 더 고생해서 크리스털만 됐더라도 양주니 와인이니 하는 것들로 채워져서 고급스러운 삶을 살고 있을 텐데. 넌 왜 하필 유리로 태어났니?'

가뜩이나 깨지기 쉬운데, 무거운 소주까지 담고 있을 소주잔의 애환을 충실히 덜어주고 집으로 돌아오는 길은 너무도 울퉁불퉁했습니다. 누가 들으면 달동네라도 사는 줄 알겠지만, 사실은 시변두리에 있는 조그만 아파트입니다. 산을 깎아 짓다보니, 산바람은 너무도 차갑고, 가는 길은 왜 이리 오르막길만 있는지. 발바닥이 아프고 나서야 요 며칠간 학대당하던 제 신발을 바라봅니다.

'네가 고생이 많네. 차라리 네가 유리구두였으면 얼마나 좋을까? 흘리면 왕자님이 찾아주기라도 할 텐데. 아, 나 남자지. 그럼 공주님이 찾아오기라도 할 거 아니야.'

그런 망상에 빠져 걷던 너덜걸음의 기억은 유리 파편처럼 아삭, 아삭. 조각나 어둠 속으로 스며듭니다. 저도 모르게 도착해 잠이 들었나 봅니다. 제 어깨를 툭 건드리는 소리에 눈을 떠 보니, 제 앞에는 제가 서 있었습니다.

"야. 네가 신데렐라라도 됐으면 좋겠다는 거냐?"

"신데렐라는 유리구두 하나로 왕자님을 만나서 행복하게 살았다고 안하냐. 근데 누구는 아등바등해도 달라지는 건 쥐뿔도 없고. 신데렐라처럼 살고 싶다, 나도."

"신데렐라가 과연 행복하게 살았을까?"

"무슨 밑도 끝도 없는 소리야."

"너 평소에 후배들에게 모든 이야기에는 맥락이란 게 있는 거라고, 그래서 있는 그대로를 믿지 말고, 이야기의 속을 성찰할 줄 알아야 한다고 떠들고 다니지 않았냐?"

"그게 뭐 어쨌다고, 신데렐라는 동화잖아. 끝에 나오잖아. '오래오래 행복하게 살았답니다.' 라고."

"그래, 동화지. 근데 너도 알지 않나? 신데렐라는 17세기에 프랑스 동화작가 샤를 페로가 동화집에 쓴 뒤에 전 세계적으로 퍼져나갔다는 거."

"그런 팩트체크를 집에서까지 해야 되냐? 정말 피곤한 삶이다, 나도 정말…."

"어쩌면 신데렐라가 어려서 잃은 어머니는 말이야, 과거의 영광을 의미하는 것은 아니었을까?"

"그게 무슨 소리야?"

"신데렐라가 17세기 귀족이라고 생각해 보자고. 이 시기 유럽은 절대왕정기로 나아가는 시기였다고 하더라. 과학혁명이 눈을 뜨고. 신데렐라가 이 때의 귀족이라고 생각해 보자고. 신데렐라는 과거의 영광을 잃고, 아버지는 계모와 언니들을 데려와. 이게 혹시, 붕괴되어가는 장원에서 갑자기 등장한 부르주아를 의미하는 것 아니었는가 말이야."

"계속 얘기해 봐. 아버지는 장원이고, 계모와 언니들은 신흥 부르주아를 의미한다는 거지?"

"맞아. 그래서 괴로워하던 신데렐라는 신의 권위에까지 다가가는 왕권에 의탁해 과거의 편안했던 삶을 이어가고 싶었던 거지. 그래서 왕자님과 결혼하고 싶었던 거고. 과학? 그런 건 모르겠고, 종교에 의지하려는 거지. 그래서 기도했고, 요정이 나온 것 아니겠어?"

"그럼 유리구두, 유리구두는 뭔데?"

"빛 바랜 지위. 네가 밤길을 걸어오며 부러워하던 찬란한 삶이 아니라. 왜 보석구두가 아니라 유리구두일까? 보석처럼 찬란하게 빛날지는 몰라도, 그거 신고 다니겠냐? 깨져버리면 발바닥이 피범벅이 될 텐데."

"어쨌든, 왕자님은 유리구두를 주웠고, 계모와 언니들은 그걸 신으려다 발이 망가져버리고, 신데렐라는 왕자님과 결혼해 오래오래 행복하게 살았지."

"정말, 계모와 언니들이 유리구두를 탐냈을까? 신데렐라는 왕자님과 결혼했을까?"

"알 수 없는 말만 하네. 얘기해 봐. 네 이야기의 결론이 뭔지."

"계모와 언니들은, 유리구두를 탐내지 않았어. 그들은 자신들이 보다 더 멋진 삶을 살기를 꿈꿨지. 부르주아 말이야. 그래서 그들은 왕자님과 결혼하는 대신, 왕이 된 왕자님을 왕좌에서 끌어내리지. 그걸 말이야, 우리는 그것을 대혁명이라고 불러. 프랑스 대혁명. 그래, 결혼했을 수도 있겠네, 신데렐라는. 그런데, 결혼생활의 끝은 파국이었겠지. 폐위된 왕이 어떻게 되었는지는 너도 알겠지?"

"신데렐라를 무슨 그렇게 만들어 버리냐? 동심을 해치기 딱 좋은, 그런 이야기네."

"너, 내일 모레면 서른이야. 동심은 아이들의 몫이고, 너는 그 아이들의 동심이 지켜질 수 있도록 똑바로 살아가야지. 네가 동화 속 계모와 언니들처럼 못생겼거나 초라하더라도, 이건 기억해야 돼. 네가 누리는 민주주의라는 거 있잖아, 사실은 우리가 놀렸던 계모와 언니들이 이루어낸 걸 수도 있어."

"똑바로 살아야 한다고?"

"응, 신데렐라를 미워해서는 안 된다고는 안 할게. 그 대신, 네가 신데렐라가 될 수 없다는 화를, 너 자신에게, 그리고 주변 사람들에게 돌려서는 안 돼. 소주잔을 손 안에서 깨뜨려 봐야, 네 손만 다칠 뿐이야. 너는 네 자신이 오늘 유리 같다고 생각했잖아? 깨지기 쉽다고. 과연 깨지기 쉽다고 해서, 유리가 쓸모없는 것일까? 분명 너를 필요로 하는 곳이 있을 거야. 잊지 마."

그러고 보니, 저와 대화를 나누던 것은 제 자신이었습니다. 그것을 깨닫고 나니, 눈이 떠졌습니다. 새벽 다섯 시, 아파트 뒤 낚

시터에서 키우는 닭들이 울어댑니다. 바람이 차갑게 불고, '덜커 덩' 소리가 납니다.

그리고 저는 유리창을 바라보았습니다.

피식.

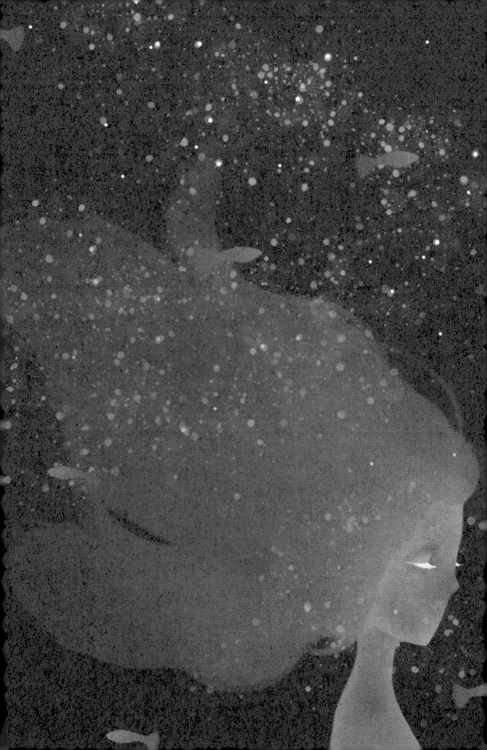

힘
차
게　달
　　리
　　다

조보경

생
존
○

심장 박동이
빠르고 세게 뛴다.

마라톤을 한 것이 아닌데
왜 그러는 걸까.

내가 원하는 방향을 향해
나아가는 것 때문일까.

꿈을 향해 가는 것이
저에겐 마라톤이었나 봅니다.

옆에서 믿어주고 기다려주는

사람들이 있어서

오늘도 힘차게 달립니다.

생
존

○

나는 학교에서 왕따를 당하고 있었고,
그것은 아주 부끄럽고 수치스러운 일로 여겨졌다.

나를 따돌리는 아이들은 선생님에게 내가 왕따라는 사실을 일
러바쳤고, 나는 교무실로 불려갔다.

선생님께서는 내게 펜과 종이를 내밀며 말했다.
"네가 왕따 당하는 이유를 여기에다 적어."
나는 울면서 내가 왕따가 된 이유를 적어야만 했다.

그렇게 울면서 꿈에서 깼다.

그리고, 여전히 꿈에서 깨지 않는다.

사람들은 말한다. 그러한 데는 다 '이유'가 있다고.

그 이유를 따돌림 당하고, 차별 받고, 소외된 이들에게서 찾아
내는 대단하신 유레카!

다르고, 어눌하고, 작고, 또….

하지만

네가 차별 받아야 할 이유는 어디에도 없어.

우리만의 별이 있으면 좋겠다는 생각을 해.

'다름'이 잘못이 된다면

우리 별에 모두 담자.

아마 우린 가장 인기 좋은 별이 될 거야.

"잘못은 우리 별에 있어."

생
존

○

　회사와 집을 오가는 일상 속에서 난 가끔 내가 형편없다 생각해. 빈집에 들어와 불을 켜고 신발을 벗고 있는 일은 지겹거든. 일주일째 안 쓴 싱크대에서는 녹물이 나오고 머리카락은 지저분하게 방 곳곳에 떨어져 있고 매트리스 하나만 둔 채 잠을 자고 하루를 시작하는 일상은 참 따분하거든.

　근데 난 뭔가 뜨겁다? 항상 뭔가 갈망해. 그 갈망 때문에 손끝이 저릿저릿해. 항상 느꼈지만 이토록 잘근잘근거리고 터져버릴 것 같은 순간이 있었나. 아마 이런 감정은 오랜만일 걸.

　빈집에서 나 혼자 구원하자고 산 지 몇 개월이 흘렀어. 아니, 몇 년. 지방에 부모님을 두고 뒤도 안 돌아본 채 홀로 서울에 올라온 지 몇 년. 가족이랑 떨어져 있는 건 익숙해.

살면서 딱히 뭘갈 원한 적은 없거든. 왜냐면 난 소극적이고 소심해서 그냥 물 흘러가듯 살았어. 가슴이 뜨거운 적도 없어. 화를 내지도 않았고 무언가 갖고 싶어 애쓰지도 않았어.

그렇게 20대 초반을 보내고 중반이 되었어. 내 일상은 항상 그대로야. 연애를 제대로 한 적도 없고, 한정된 교우관계, 부모님을 위해 사는 인생, 아침부터 저녁까지 짜여 있는 일상, 돈을 번다는 것 외엔 다를 내가 아냐. 속으론 많은 생각을 삼키지. 혼자 있을수록, 불빛이 있어야 잠이 드는 주제에.

A부터 Z까지 매트리스 한쪽에 누워 오롯이 생각만 한다. 한정된 친구들에게 내 속이 어떤지, 내 하루는 어떤지, 어떠한 내 진심도 제대로 말이 안 나와.

오늘은 이태원을 갔지. 처음으로 갔지. 칵테일파티에 혼자 갔는데 거긴 클럽이었어. 남녀들이 엉켜 있었고 나는 흰 티에 청바지 차림이었어. 참 차림이 무색했어. 그 속에서 칵테일 두 잔을 연거푸 마시니까 이탈리아 남자들이 손뼉을 쳐줬어. 보드카를 만땅으로 마시니까 취기가 돌더라. 그리곤 거리로 나갔어. 새벽이었는데 참 기분은 좋았어. 그리고 어느 바에 갔어. 집에 가기 싫어서.

그 곳에서 어떤 환상의 사람을 만났어. 그리고 아침이 될 때까지 같이 있었어. 같이 술만 마셨어. 그뿐인데 막 난 또 지랄같이 감성적인 기분이 되나 봐. 진짜로 사랑하는 사람이랑 만나 헤어진 지 3년. 이유도 모른 채 헤어져 혼자 방황하고 그 이유를 찾으려 하다가 말았지. 그러다 결혼하고 싶다고 맘 먹은 사람 만난 게 몇 개월 전. 그 사람은 일요일 오후에 사진전을 한다고 초대했는데 그래. 바로 오늘이야. 고민 많이 했어. 달리아라는 꽃을 좋아한다길래 달리아를 사려고 했어. 근데 또 난 생각했지, 그거 감정의 사치라고. 내가 이제 내 위치를 안거야. 나는 더 이상 애쓰고 싶지 않거든. 또 사랑 달라 하기 싫거든. 대학생 때처럼 잡고 붙잡히고 그런 거 하기 싫거든. 당장 1개월 후만 생각해도 관계의 미래가 나오거든. 그래서 그딴 짓은 그만두기로 했지. 내가 먼저 안 가기로 했지. 애쓰고 싶지 않거든…. 그래서 달리아 사는 짓은 그만 뒀지. 한번 하루 종일 그 사진전에서 나를 기다려보란 괘씸한 맘도 들어서지.

아무튼 새벽에 이태원에서 만난 낯선 사람은 바에서 술에 취해 있었어. 나는 그 사람을 무시했는데 그 사람은 나를 알아보고 정말 신기한 인연이라 했어. 처음 봤는데 신기한 인연이라니. 그리고 같이 있었어. 사실 우리 둘은 서로 아는 거 하나 없어. 오늘 고작 이름을 주고받았는데 번호나 과거 따윈 서로 몰라. 그런 건 암묵적으로 묻지 않고 안부만 물었는데 참 즐거웠어. 나는 모든 게 처음이었어. 남의 무릎 위에 올라앉은 것도, 그렇게 볼에 뽀뽀하는 것도. 그냥 내 젊음이란 게 좋았어. 감성적이고 충동적인 내가 좋았어. 그 뿐이. 그리고 계속 해도 되냐고 하는 말에 아무 대답 안 하는 네가. 오늘 밤이 끝나면 또 모르는 사람이 되지. 사실 그런 거 상관 안하고 싶었어. 사람 만나는 게 너무 힘든 거잖아, 요즘은. 나는 그렇거든. 나는 그놈의 책임감 땜에 아무도 못 만나거든. 설렌 적도 없어. 하루는 연애를 하려고 연애할 대상자들을 하루에 세 명이나 만난 적 있어. 마치 면접 보듯. 그것도 할 짓이 아니더라. 난 정말 사람 만나는 게 너무 힘들어. 마음이 동하지가 않아서.

그런데 우린 이름도 연락처도 모르는 사이. 서로 우연히 이렇게 만나게 된 거지. 둘 다 술도 취한 상태. 오늘 만난 것도 운명. 또 만날 리는 없으니 나는 내 멋대로 하겠다, 이런 맘이었어. 그래서 너에게 키스했어. 너와의 키스는 생각보다 별로지만…. 네가 나즈막이 눈을 감는 게 좋았어. 하지만 환상과는 달리 떨림이나 설렘이 없었어. 나는 네가 나에게 오랜만에 설렘이란 걸 가져다 줄 줄 알았거든. 키스를 끝낸 후 입을 소매로 훔치는 게 무색할 만큼 심심한 키스였지.

우린 같이 택시를 탔어. 집이 같은 방향이어서. 그리고 내일은 뭘 할 건지, 평소엔 주로 무얼 하는지, 좋아하는 소주가 뭔지 그런 얘길 조금 했어. 우리가 함께 택시에서 내리지 않는 이상 앞으로 영영 못 만날 사이가 될 것 같았어. 참 슬퍼서 눈물이 날 것 같았어. 근데 우린 서로 연락처를 묻지 않았어. 그냥 그렇게 환상 속에 하룻밤 속에 있었음 해서. 너도 그럴 거야. 내 이름 석 자만 기억할 거야. 이런…, 앞으로 난 그냥 또 물 흐르듯 살겠지. 일과 잠을 반복하며 회사와 집만 오간 채. 애쓰지 않는 삶을 살겠지. 그리곤 너

같은 사람을 만난 후 집으로 돌아와 다이어리를 쓰는 거야. 까먹지 않도록. 누군가에게 특별함이 된다는 건 멋진 거야. 그치? 그게 불과 단 하루라도 말야. 너의 머리칼, 뺨, 온도 다 익혀놔서 다행이야. 나는 그냥 신념 하나로 살아가지. 나같이 보수적인 애가 이런 짓을 한다는 것도 아주 큰 건데…. 그냥 앞으론 더 신념을 지키며 살겠지? 모험도 없이, 충동도 없이 항상 우연히 이루어지는 로맨스라는 환상에만 젖은 채. 나는 순수와 순정을 지키는 신념으로만 살았는데 오늘은 내 젊음이 신념을 깨뜨린다.

세상에 기대할 것도 바랄 것도 없는데. 지금 내 일에 1%가 되기도 너무 힘든데. 누굴 만나 잘해줄 자신도 없는데. 욕심을 품은 적이 너무 오랜만이었어. 오랜만이야…. 난 더 이상 누군가에게 기대하고 애쓰고 싶지 않아. 해가 뜬다. 한숨 자고 난 또 일해야겠지. 그리고 앞으로 몇십 년을 더 이렇게 서울에서 내 보금자리를 지키며 살아야겠지. 신념이라며 또 이렇게 정신 차린 척, 일상에서 한정된 하루만을 보내며 살겠지. 괴롭다.

인간이 1차적 욕구만 충족하고 사는 동물이면 얼마나 좋을까.

마음이 시리지만
극복하기 위해
노력하던 때에 쓴 이야기

박규현

○ 아직은 따뜻한 우리

　사람들은 모두. 다른 삶을 살아가고, 가슴 속에 서로 다른 상처 하나쯤은 지니고 있다.

　내 아픔이 커 보여도, 다른 관점에서 보면 나는 누군가가 죽도록 소원하는 무언가를 이미 지니고도 너무나 당연한 것이라서 감사함도 잊은 채, 그렇게 살아가고 있는 것인지도 모른다. 아픔에만 초점을 맞춘 채.

　그래서 어떻게 보면 우리 모두는 서로 다른 행복을 갖고 있는 건지도 모르겠다.

　근심하고 있는 것들이 좋아질 거라고 믿으며, 소중한 시간을 값지게 보내면서 많이 웃자. 우리가 열심히 노력하며 살아가는 이유는, 미래에 행복한 날을 맞이할 거라는 희망이 있기 때문이 아

니겠는가. 그런데 지금 웃으면 당장 그 행복을 느낄 수가 있는 거
니까.

    때로는 힘들어 투덜거릴지라도 실컷 화내고 신경질 낸 다음엔
다시 웃고 유치해지고 그러자.

촌
스
러
운

신일애

○
아
직
은
따
뜻
한
우
리

내 꿈은 서울에서 사는 것이었다.

높은 구두에 정장을 차려 입고 여유 넘치는 직장인이 되어 지긋지긋한 촌구석을 벗어나고 말리라.

스물셋. 파도에 휩쓸리듯 서울에 뚝, 하고 떨어지고서 내가 겪은 건 모두 상상 밖의 일들.

사투리가 귀엽다고 웃는 게 사실은 조롱하고 있다는 걸.

다단계가 내 팔만 붙잡는다는 걸.

지잡대 출신 따위가 입사했다고 뒷담화한다는 걸.

나는 말을 삼가고, 언제든 휘두를 수 있게 예리한 칼을 날마다 갈았다.

무표정으로 '도를 아십니까'를 쳐내고,

그 옛날 선임이 나에게 했던 것처럼 후임에게 웃으며 혼내고,

누가 물어보면 '서울에서 왔어요.'라고 대답한다.

촌빨이 풀풀 날리던 단발에 분홍뿔테를 낀, 스물셋의 나는 이제

어디로 가버린 걸까?

생존 ○

상
대
성 행
복

어디선가 누군가의 처절한 이야기를 들었다.

그날 밤 생각했다.
나는 그보다 나으니 얼마나 축복받은 삶인가.

문득 소름이 돋았다.
남의 불행으로 나를 위로했다는 사실이 나를 어지럽게 만들었
다.

그의 슬픔이 나를 행복하게 해주고
그의 가난이 나를 부유하게 만들어주고

그의 세상에 대한 원망이 나의 희망을 더해주는 것 같아 머리
가 아프다.

내 아픔이 치유된 느낌.

내 하소연이 한낱 어린아이 투정 같은 느낌.

이상하다.

누군가의 불행이 나를 행복하게 한다는 사실이 참 이상하다.

생
존

ㅇ

김아름

우주 속에 우리가 있다.

지구가 태양을 돌 때, 이름 모를 행성이 지나갈 때,

별똥별이 툭 하고 떨어질 때,

알 수 없는 비행 물체가 하늘에 뜰 때,

설명할 수 없는 모든 순간 우리는 존재한다.

대화를 나누고 사랑하며 오늘이라는 시간 속에

모든 감정을 쏟아내며 살아간다.

숨을 쉬고 손을 움직이며 무언가를 만들어간다.

그 무언가는 또 다른 우주가 된다.

그 누구도 우주 속의 먼지일 리 없다.

하늘

문정서

하늘을 바라보았을 때, 너무 눈이 부셔
이 눈부심을 사진에 담고자 핸드폰을 들었다.

하지만 사진엔 파란 하늘뿐 그 눈부심을 담지 못했다.

사는 건 그런 게 아닐까?
내가 경험하지 않고선
어떠한 눈부심도 담아낼 수 없고 알 수도 없다.
사소한 것 하나라도 경험하지 않는다면 알 수 없는 것.

의
심
하
며

너
를

낳
았
어

어머니와 둘이 밖에서 술을 마시게 된 날이 있었다. 술도 잘 못 마시는 여자 둘이서 소주 2병을 시켰다. 3잔이 주량인 내게는 굉장한 과음이었고 그만큼 나는 나사 하나가 풀린 상태가 되었다.

'이때다!'

나는 용기를 내 그간 너무나 궁금했던 질문을 어머니께 던졌다. 삶의 의미는 무엇이고 나를 왜 낳으셨냐고. 내가 질문을 한 취지는 그랬다. 철없고 나약한 투정으로 들릴지 모르지만 난 삶을 꾸역꾸역 살아내고 있었고 결혼과 출산은 너무도 비현실적인 과제였다. 출산? 그 아이의 의사와 상관없이 삶이라는 무거운 것을 짊어주어도 될까? 내 아이에게는 삶이 더 비현실적인 부담이 될 수도 있다고 생각하는데. 일단 나의 해답을 찾기 전엔 아이를 낳으면 안 되겠다는 생각 탓에 두 가지 질문을 하게 되었다.

"나랑 똑같네."

어머니는 당신도 내 나이 때에 그 두 가지를 굉장히 고민했었다고 먼저 답하셨다. 그리고는 최근에야 느꼈다며 말씀해주신 대답. '기뻐하려고.' 당연히 사는 게 기쁜 일만 있지는 않겠지만 그냥 파티에 초대됐다 생각하고 작은 기쁨의 조각조각을 민감하게 느끼며 사는 것. 그게 본인의 삶의 의미라고 말씀하셨다. 완전히 이해하진 못했지만 뭔가 마음이 가벼워지는 것 같았다.

어머니는 이어 '창조의 기쁨, 생산의 기쁨이 답이 될 수 있다.'고 하셨다. 〈칠드런 오브 맨〉이라는 영화를 혼자 보셨다며 대화를 이어가시는 어머니.

"인간이 더 이상 번식을 할 수 없는 미래를 그린 영화였어. 거기 나오는 사람들의 표정이 너무 끔찍하더라고. 아무것도 책임질 게 없는, 의미가 없는 표정. 그냥 미래가 없는 표정. 그게 너무 끔찍해서 도저히 못 보겠더라. 한 20분 보다 껐어."

생각해보니 그랬다. 아무것도 책임질 것이 없다면 과연 행복한 삶일까.

하기 싫은 공부, 하기 싫은 업무, 골칫거리가 하나도 없다면. 책임져야 할 부모나 자식, 심지어 반려동물조차 없다면 과연 인간은 행복할까. 항상 나를 짓누르고 있다고 생각했던 큼직한 짐들이 모두 사라진다면 나는 즐거울까. 생각해보면 그런 의무들이 지금까지 나를 밀어주는 동력이 되었던 것 같기도 하다. 영화 〈라이프 오브 파이〉에서도 주인공이 200여 일간 바다에 표류하며 살 수 있었던 비결은 '배 안의 골칫덩이 호랑이를 길들이고 돌보는 것이었다.'고 말하지 않던가. 삶의 책임감. 그것이 인간을 살게 하나보다. 사람은 위로 뻗치든 아래로 뻗치든 뻗쳐야 사는 존재라 번성의 DNA가 있고, 그것이 인생의 의미가 될 수도 있겠다고 생각했다.

"네 오빠를 가진 건 그냥 사랑의 결과물이야. 그런데 둘째인 너를 가지기 전엔 상당한 회의감을 갖고 고민했어."

어머니께서 말을 이어가셨다.

"나 역시 그때 내 삶이 너무 버거워서 너를 왜 가져야 하는지 몰랐어. 근데 아빠가 자꾸 갖자고 하시더라. 그래서 왜 굳이 아이에게도 힘든 삶을 만들어줘야 하냐고 따졌더니 "시련이 있는 게 삶이지! 그게 재밌는 거지. 재미있는 게임인 거지." 이렇게 말씀하시더라고. 뭔가 100점짜리 답은 아닌 것 같아서 의구심을 품은 채 너를 낳았어. 그래서 그런지 오빠보다 네가 훨씬 이상한 것 같아. 하하."

그때는 모르셨지만 이제는 아시는 것. 나도 지금은 잘 모르겠지만 나중에는 그 의미를 알게 될까. 어머니의 대답, 아버지의 대답. 그리고 내가 찾아야 될 해답.

아버지의 급한 호출로 우리의 술자리는 끝이 났다. 집에 와서도 너무 취한 나는 혼자 산책을 하겠다며 나왔다. 취기 때문인지 시선이 일렁였다. 일렁이는 바다, 일렁이는 하늘. 배를 타고 있나. 내가 이 항해를 무사히 잘 해낼 수 있을지 모르겠지만….

우린 이미 삶이라는 배에 올라 타버렸다.

○
아직은 따뜻한 우리

너무 많이 생각할 필요 없어.
바닷물에 둥둥 뜨기를 생각해보렴.

겁이 나서 겁이 나서
발을 띄우지 못한다면

평생 그 기분 모르지!
조용히 눈을 감고
천천히 하는 거야.

따스한 햇볕

부드러운 물결
어떻게 될지 어디로 갈지
설레는 마음.

생
존
ㅇ

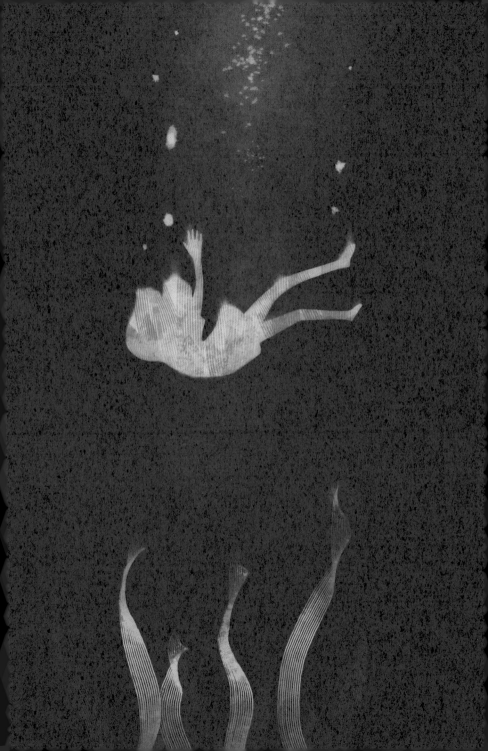

졸업한 지 한 달을 겨우 넘긴 친구가 있습니다.

여느 대한민국의 대졸자와 마찬가지로 그도 취업준비생입니다.

단군 이래에 가장 뛰어난 스펙을 가지고 소설 아닌 소설을 쓰며 하루하루 불안함 속에서 사는 그는 도서관지킴이 생활을 합니다.

누구보다도 열심히 도서관을 다니던 그가 어느 날 말했습니다.

"졸업하고 처음으로 도서관을 갔는데 도서관이 처음으로 내게 말을 했어. 졸업했는데 왜 오냐고⋯."

졸업을 해서 그런지 더 이상 학생신분이 아니기에 그랬을까요,

아니면 신학기가 돌아오고 어린 친구들의 해맑음을 봐서 그랬을까요.

이야기의 끝을 맺기도 전에 떨궈버린 그의 한숨 맺힌 고개가 안쓰러웠습니다.

자신의 이야기를 가족에게 했다고 했습니다.

하지만 돌아오는 것은 차가운 반응이었답니다.

"그럼 도서관을 가지 말고 독서실을 다녀."

"이제 도서관이 하는 말도 듣니? 조금 있으면 강아지가 하는 말도 듣겠다."

그런 반응에 그는 더 이상 할 말이 없어졌다고 했답니다.

그리고 다시 눈초리를 주는 도서관에 올 수밖에 없었다고 말했습니다.

그가 원했던 것은 현실적인 변화나 눈에 보이는 해결책이 아니었을 겁니다.

제때 위로받는 것이었겠지요.

제때 위로받는 것과 제때 위로하는 것 둘 다 쉽지 않습니다.

하지만

적절한 시간에 받지 못하고 주지 못한다면
어제의 뜨거운 음식으로 데어버린 혓바닥처럼 내내 신경 쓰이
고 쓰라리고 하는 일일 겁니다.

본디, 원래부터 사람은 나약하기에
한없이 여린 존재이기에 서로, 함께, 의지하여야만 따뜻하게 느
껴질 수밖에 없습니다.

제때, 바로, 적절한 때에
상처치유가 되지 않으면 맘속 깊이 쌓이고 쌓여
나중에 아파지거나 멀어지게 되는 것이지요.

되돌아봅니다.
그것을 아는지 모르는지
적절한 타이밍의 위로가 주는 힘이 얼마나 큰지.

생
존

○

내가 있을 곳은 도시가 아닌 시골이라는 생각을 종종 하곤 한
다. 고층건물들로 꽉 막혀 있고 매연이 가득한 곳이 아닌 탁 트이
고 신선한 공기 가득한 시골. 반면 시골엔 또래 친구들이 없고 일
자리 구하기가 힘들다. 그렇다고 도시에 온 이유가 단지 친구를
만나고 일자리를 구하기 위해서는 아니다. 자립을 하고 싶었고
도시생활을 한 번쯤 해보고 싶었기에 무작정 서울로 상경을 했
다. 수많은 인파와 매연쯤은 상대도 안 되는 가치이기에 참고 견
딜만하다.

문득 시골에서의 삶을 꿈꿔본다. 시골에서 강아지를 키우며 자
그마한 텃밭을 일구고 아침에는 해가 떠오르는 것을 보고 바닷가

산책을 나간다….

밀려오고 쓸려가는 바다를 바라보며 답답한 마음을 풀어놓는다. 쓸려가고 밀려오는 모습을 물끄러미 바라보며 문득 뒤돌아보았을 때 찍혔다 사라지는 발자국들을 바라보기도 하고. 산책을 마치고 집에 와서 삼순이(강아지)에게 밥과 물을 떠준다. 그리고 간소하게 나물 몇 개와 국을 끓여 아침을 먹는다. 설거지를 마치고 마당에 나가 텃밭에 물을 주고 잡초를 뽑는다. 한 시간이 훌쩍 지나간다. 올해 심은 채소는 콩과 호박, 상추, 깻잎이다. 고구마와 감자도 시험 삼아 심어보았는데 열매가 잘 맺힐지는 두고 볼 일이다. 텃밭 일구기를 마치고 마당에 떨어진 낙엽을 쓴다. 삼순이를 풀어주고 마당을 뛰놀게 내버려둔다. 마당 청소를 마무리하고 나면 설레는 작업시간이다. 작업실은 창이 커서 마당이 한눈에 보이고 햇살이 잘 스며들어오는 공간이다. 좋아하는 향초를 켜두면 은은한 향이 방안 가득 퍼진다. 숨을 깊이 들이마시고 내뱉으면 금세 마음이 편안해진다.

초를 켜고 방 안에 가만히 눈을 감고 앉아 약 10분 동안 명상을 하고 반시간가량 요가수련을 한다. 몸이 가벼워지는 느낌이다. 이렇게 몸을 편안하고 가볍게 풀어놓고 나서 작업을 시작한다. 작업은 전혀 지루하지 않다. 먼저 글을 쓰기 시작한다. 정해놓은 분량의 글을 열심히 집중해서 쓰고 나서 잠시 눈의 피로를 풀어준다. 가벼운 스트레칭을 한 뒤 다시 작업에 들어간다. 집중이 잘 되지 않으면 산책을 나가거나 책을 읽는다. 작업은 주로 집에서 이뤄지지만 가끔 기분이 내킬 때 카페로 가 차 한 잔을 시켜놓고 작업을 한다. 은은한 향과 잔잔히 울려 퍼지는 노래를 들으며 글을 쓴다. 아는 사람이라도 만나면 수다를 떨기도 하면서.

점심은 간단히 고구마나 바나나를 먹는다. 보온병엔 따뜻한 물이 담겨 있다. 가끔 스프나 미숫가루를 타먹기도 하는데 꽤 든든하다. 작업은 해질 무렵까지 계속될 때도 있다.

저녁은 특별히 요리를 한다. 먹고 싶은 요리를 검색해 찾아보고 전날 미리 장을 봐와서 약 한 시간가량을 요리하는 데 보낸다. 맛은 그때그때 달라서 보장할 수 없지만 요리를 하는 과정이 즐겁다. 맛있게 식사를 하고 날이 풀리면 자전거를 타고 동네 한 바퀴를 돌고 온다.

집에 오면 샤워를 하고 차를 끓여 마신다. 저녁시간엔 가까운 지인에게 메일을 보내기도 하고 편지를 쓴다. 여행을 좋아하기에 지역관련 잡지나 관심 가는 나라에 대한 책을 펼쳐본다. 요즘은 언어 공부도 하고 있다. 현지 사람들과 직접 대화를 나눠보고 싶기 때문이다.

시간이 훌쩍 흘러가 어느새 잘 시간이 다가온다. 일기를 쓰고 책을 읽다 보면 열한 시쯤 되고 슬슬 하품이 나오기 시작한다. 내일 해야 할 일을 정리하고 잠자리에 든다.

이것이 나의 주간 일상이다. 가끔 지인들을 초대하기도 하고 여행을 떠날 때를 제외하고는 늘 같은 일상을 보낸다. 소소하면서도 만족스런 나날들이다. 나는 글 쓰는 일로 돈을 번다. 생활비를 충분히 쓰고도 저금을 할 수 있을 정도로 벌고 있어 여유가 있다.

주말에는 여러 취미활동을 한다. 그림을 그리기도 하고 영화를 보고 노래를 듣고 부른다. 모임에 나가 서로 어떻게 지냈는지 이야기를 나누고 읽은 책이나 영화에 대해 이야기를 한다. 홈베이킹을 해서 컵 케익이나 쿠키를 만들어 가져가기도 하는데 지인들이 무척 좋아한다. 드로잉한 것을 액자에 잘 담아 선물하거나 엽서를 만들어 주는 것도 좋아한다. 일요일엔 교회를 나가 기도를 하고 말씀을 듣는다. 그리고 남는 시간은 퍼포먼스 구상과 퍼포먼스를 직접 실행하는 데 시간을 쏟는다. 이 날 하루는 온전히 이것을 하는 시간이기 때문에 일절 다른 작업은 하지 않는다. 사정으로 인해 퍼포먼스를 쉬는 날에는 전시회를 가거나 공연을 보러 간다. 물론 마감이 임박해오거나 한없이 우울의 늪에 빠질 때면 이렇게 평온한 일상이 지켜지지 않을 때도 있다. 하루 종일 누워서 자기도 하고 작업실에 틀어박혀 정신없이 마감작업을 한다. 연인과 오랜 시간 이야기를 나누며 기분전환 겸 밤바다를 보러 가기도 하고 가볍게 맥주 한 잔을 들이키러 가기도 한다.

위의 나의 일상은 미래의 일상이다. 사오십 대쯤 되었을 때? 내가 그때까지 잘 살아 있을지 모르겠지만 살아 있다면 나는 이런

생존

○

미래를 그려본다.

내 나이는 지금 28살이고, 아직 글을 써서 돈을 벌지 못한다. 지금은 다른 일로 생계유지를 하고 있지만 그건 중요하지 않다. 안정적이지도 않고 고민과 방황도 더 잦다. 그래도 괜찮다. 이 시기만의 매력이 아닐까 생각해본다. 어느 시기든 고민과 방황의 날들이 있는 법이고 잘 넘기고 나면 경사진 고개가 또다시 찾아온다 하더라도 넘어갈 힘이 생기고 삶을 돌볼 여유도 생기는 것 같다.

지금은 도시에 있는 내가 좋다. 여러 모임을 나가며 사람들과 대화를 나누고 모르는 걸 알아가고 배워가는 날들이 좋다. 소중한 사람과 마주보며 살아가는 지금이 좋다.

하루하루 살아가는 수밖에. 어떻게 살든 내겐 선택의 여지가 없다. 그저 지금을 살 뿐이다.

비
애

멀
리
서
보
면
빛
나
니
까

이혜원

　창문을 열어 아주 작은 틈을 만들어도 찬 공기는 천장부터 바닥까지 빈틈없이 들어찼다. 내가 마음을 조금 열겠다고 한들 그만큼의 마음만 주는 것은 아니었다. 바늘만한 구멍을 만들어도 전부를 빼앗겼다. 사람을 사귀는 일이 그래서 어렵다. 그렇지만 그렇기에 더욱 가치 있다. 계산대로 주고받는다면 이리 아름다울 것도, 그리 아플 것도 없다. 이리 웃을 일도, 그리 눈물 흘릴 일도 없다. 찬란하다.

섬

서하은

너를 잃고 나는 외로운 섬이 되었다.

다신 우린 서로 닿지 못할 운명일까.

섬에 비가 부슬부슬 내린다.

비
애
ㅇ

김성일

○ 아직은 따뜻한 우리

어깨를 웅크리고
무릎을 팔로 감싸 안았을 때
조금 고개를 돌리면
네가 보였음을,
네가 여전함을
나는 느낄 수 있었다.

눈빛이 교차한 순간
저 위에 날고 있던 비행기가
내 눈 안으로 들어온다.
그것은 혈관을 타고 심장에 안착한다.

힘든 하루였다.

끝이 보이지 않았다.

마구 팔을 휘저었다.

어쩌면,

네 옷깃이라도 스칠 것만 같았기 때문이다.

비
애
○

당신

최유림

비애 ○

당신에 대해서 적어보려고 하는데
손을 움직이지도 못하고 한동안 눈물만 나오네요.

사람들에게 내 이야기를 하면 놀란 눈으로 괜찮냐고 해요.
사실이냐고 물어요.

제가 묻고 싶어요.
이게 사실인지

남들처럼 똑같이 평범하게 일하고
주말데이트를 기다리면서 평일을 버텼어요.

근데 이젠 버틸 이유가 없어졌어요.

당신이 없거든요.

살면서 연인을 만나고 헤어질 수 있어요.

저도 알아요.

근데 이렇게 끝날 줄은 몰랐어요.

처음엔 거짓말인 줄 알았어요.

젊은 나이에 그런 일이 일어날 줄은 상상도 못했어요.

우리가 같이 있을 때 당신이 했던 말들은

몸에서 보내는 신호였어요.

하지만 너무 어린 우리는 상상도 못하고 있었어요.

제가 곁에서 지켜주겠다고 했지만

당신은 제가 알던 사람이 아닌 것처럼 밀어냈어요.

'사랑은 시간에 비례하지 않는다'를 처음으로 이해했어요.

4개월 동안 목숨을 걸고 사랑했어요.

어렸을 때 어머니가 돌아가신 것보다 더 가슴이 찢어졌어요.

어렸을 때 기억이 잘 안 나는 어머니보다 난 당신을 더 사랑했
나 봐요.

친구들과 가족들 하나같이 하는 말,
"시간이 지나면 잊히고 괜찮아질 거야."
그 말이 더 무서웠어요.
정말로 잊힐까 봐 당신의 사진을 밤마다 보고 편지를 썼어요.

당신의 소식을 들을 수 있다면 무슨 일이든 했어요.
하지만 그럴 때마다 당신은 나한테 그만하라면서 지겹다는 말
을 했어요.
나중에 들어보니 그런 문자를 보낼 때마다 당신은 울고 있었
다고 해요.
그 소리에 난 또 울었어요.

두 달 동안 울면서 지내다 보니 내 일상생활은 다 무너져 있었
어요.
처음으로 우울증과 불면증이 생겼어요.
도망치는 생각도 많이 했지만 당신이 언제 돌아올지 모른다는
생각에 버티고 있어요.
이젠 나도 일상생활을 찾아서 지내려고 해요.

그렇다고 당신을 잊는다거나 포기한다는 얘기는 아니에요.
당신이 나한테 돌아와서 나한테 의지할 수 있게 할게요.

당신에 대해서 적다보니 나도 모르게 눈물이 흐르고 있네요.
나는 오늘도 울다가 지쳐서 잠이 들어요.

···

오빠 많이 아프지···. 나는 암이 이렇게 무서운 병인지 처음 알았어. 내가 사랑하는 사람이 암이랑 싸우는데 난 곁에서 아무것도 못하고 바보처럼 울고만 있어. 시간이 지나면 잊히고 괜찮아진다고 주변에서 다들 그러는데 난 그 소리가 제일 싫더라. 정말로 오빠를 잊을까 봐 메모장에 항상 일기를 쓰고, 편지를 쓰고, 얼굴 까먹을까봐 밤마다 사진첩에서 사진 보다가 울면서 잠들었어. 우린 장난기가 많아서 사진을 보면 온통 엽기사진에 웃고 있는 사진뿐인데 그 사진들을 볼 때마다 눈물이 나더라. 가족들 중에 암인 사람들도 많겠지. 사람이 100살까지 살아가면서 암은 한 번씩 겪는 거래. 그래서 내가 일찍 겪는다 생각하고 같이 버티고 살자고 했지만 오빠는 25살에 여자친구한테 허세도 부리고 맛있는 거 사주고 집도 데려다줘야 하는데 아파서 항암치료에 시달리는 모습을 보여주기 싫은지 다른 남자 만나라고 매몰차게 날 밀어내기만 했어. 사람들이 들으면 4개월 사귀고 뭘 저렇게 힘들어하냐고 할 수 있지만 오빠 나에게 일을 하고, 살아가는 데 목표가 있게 해준 사람이었어. 벌써 두 달째 이러고 있지만 꼭 암이랑 잘 싸워서 나한테 다시 와줬으면 좋겠다. 오빠 나한테 이별하자면서 사랑했었다고 말했지…. 난 사랑했었어가 아니고 아직도 사랑해야. 정말 보고 싶고 보고 싶다.

손
톱
을
자
르
는
것

사람이 두려웠다.

아니, 어쩌면 사람에게서 외면당하는 것이 두려웠던 것인지도 모르겠다.

애정결핍. 현재 내가 마음속에 지니고 있는 증상 하나.

어릴 적부터 손톱을 물어뜯는 습관을 지닌 탓에, 그냥 이젠 고치기 어려워졌다고만 생각했다.

부모님의 사랑도 충분히 받아왔다고 생각했고,

무엇보다 할아버지께서 날 무척이나 아껴주셨으니까,

애정결핍이라는 증상이 내 안에 있다는 것을 받아들이지 못한 것이라는 생각이 들었다.

단체 연락방에서 내 말이 무시되는 것이 두려웠다.

내가 보낸 문자를 읽고 답장이 안 오지는 않을까 하는 걱정에
채팅방을 확인할 수가 없던 적도 있었다.

연락이 오지 않고, 만남에서 내가 제외되는 것이 무서웠다.

이대로 나란 존재가 지워지는 것은 아닐까.

차라리 내가 먼저 사람을 끊자는 생각도 했다.

사람의 정에 갈증을 느끼는 만큼, 오히려 그 정에 대한 중독을
확실히 끊어내면 괜찮아질 거라고 생각했다.

내가 너무 예민한 탓이라는 생각에, 예민함이 가리키는 지점을
없애버리려고 했다.

외로움은 날 달래줬지만, 무기력까지 어찌할 수는 없었다.

난 집에서 막내였지만, 언제부턴가 어리광과는 멀어졌다.

부모님을 포함하여, 누군가의 품에 안겨본 적이,

그래서 포근함을 느꼈던 적이 언제였는지 모르겠다.

내색을 하지 않는 것, 표현을 감추는 것이 버릇이 되어 버렸다.

내 손톱은 여전히 닳아 있다.

사람들에게 연락이 오면 그제야 안도하며 손을 입에서 뗀다.

매번 누군가에게 애정을 주는 것만 생각했다.

힘들면 힘이 되어 주어야 한다고, 차라리 내가 힘든 것이 낫다
고.

정작 누군가로부터 받을 생각은 하지 못한 채.

갈 곳 없는 내 손을 더 이상 입으로 가져가고 싶지는 않다.

편안함을 느끼고 싶다.

더는 자라지 않는 손톱을 보며 결핍을 확인하고 싶지 않다.

이제는 손톱깎이로, 손톱을 잘라보고 싶다.

김기훈

목
젖

비
애
○

어릴 때는

하고 싶은 말

하기 싫은 말

가리지 않고 해왔던 것 같습니다.

나이를 먹어가고

생각이 많아지고

비밀이 생기면서

하고 싶은 말을 도로 삼켜야 할 때마다

하나

둘

셋

쌓이더니

굳어버려

목구녕엔

돌덩이를

저마다 하나씩

가지고 살아갑니다.

끝

비
애
o

슬플 때

감정이 복받쳐 오를 때

누군가에게도 말 못하고 있을 때

써둔 나의 '내 문서' 폴더 안

'.' 파일.

내 컴퓨터 비밀번호는 0000

'내 문서'에 들어가보면

바로 보이는 그 파일.

누군가 보지 않기를 바라면서

3
0
2

제발 이걸 봐주길 기대했다.

내가 얼마나 울었는지, 지옥 같은 현실을 얼마나 도망치고 싶었는지. 그런 순간을 이해해줬으면 했는데.

갑자기 노트북이 전원이 켜지지 않는다. 3년 정도 썼는데 그래…, 내가 오래 쓰고 있다는 생각은 했는데 결국 고장 나버렸다.

왜 노트북이 고장 나는 것보다 백업해놓지 않은 나의 점 파일을 다신 볼 수 없을 거란 생각이 더 아플까.

이젠 감정이 끓어오르는 순간순간
내가 쓴 글을, 그 때의 감정을 다시 만날 순 없겠지.
한편으로는… 그래…, 언젠간 정리되었어야 할 감정들이었으니깐…. 이렇게 정리되는 것도 좋겠다.

지금도 생각나는 구절 중 몇몇.
엄마, 난 왜 이렇게 나약해?
난 왜 이렇게 아파해?
행복할 때 죽고 싶다.
누군가 문을 열고서 이 어두운 방 안에
손 하나 내밀어줬으면, 그랬으면 좋겠다.

오진수

언젠가는 말하겠지
내 나름대로 열심히 살아왔다고.

언젠가는 말하겠지
지독히도 외롭고 슬프면서
힘든 순간들을 지나왔다고.

언젠가는 말하겠지
불투명한 앞날을 걱정하며
초조했던 시간들이 있었다고.

언젠가는 말하겠지
당신을 정말로 사랑했었다고
당신을 정말로 그리워하여 울었다고
당신의 얼굴을 미친 듯이 보고 싶었다고.

하지만 그 언젠가는
오늘이 되지 못했지.

3번째 이별입니다.

바로 얼마 전까지 영원을 말하던 당신이

식어가는 이별을 남긴 채 떠나갔습니다.

아주 많이 화가 날 줄 알았는데

허망한 웃음만 새어나오더군요.

이별을 손에 든 채 그만 집으로 돌아왔습니다.

숨이 끊어진 이별은 딱딱합니다.

오늘이 지나면 썩어 냄새를 풍기겠지요.

작은 서랍에서 반쯤 쓴 방부제를 꺼내옵니다.

그다음 천천히 이별을 박제합니다.

죽어버린 눈동자는 나를 향하지 않습니다.
벌어진 입술은 침묵조차 망각합니다.
공허하게 흔들리는 기억만이
사랑했음을 짐작하게 만드는 남은 흔적입니다.

박제될 이별은 진열장 위 칸에 보관합니다.
이제는 '지난'이란 말로 설명될 두 번째 이별.
그 옆에 자리할 갓 나온 이별입니다.
한 줄도 채워지기 힘든 진열장을 가득 채운 사람들은
자물쇠를 채워 비로소 끝이라고 위안할까요.
아니면 오래된 어떤 것을 덜어내고
새로 박제한 이별을 채워 넣을까요.
이제 채움을 시작한 나는 그 무엇도 짐작할 수 없어
그저 덜 아프기를 바랄 뿐입니다.

속을 파낸 이별을 봉합하고 방부제를 발랐습니다.
이제는 마르기를 기다릴 뿐입니다.
모든 게 끝났습니다.
박제된 이별에 물기가 번져갑니다.
젖으면 안 되는데
눈물은 왜 이제야 흐르는 걸까요.

유승민

그
리
움

겨울에는 여름이 그립다.
그래도 추운 겨울을 이겨내는 것은
여름이 돌아올 것을 알기 때문이다.

낮에는 밤이 그립다.
그래도 따분한 오후를 이겨내는 것은
오늘 밤도 돌아올 것을 알기 때문이다.

하지만 너는 내일도 그 다음에도 그리울 것이다.
네가 돌아오지 않을 것을 알기 때문이다.

김지훈

한
글
자
차
이

○
아
직
은
따
뜻
한
우
리

    사람과 사랑은 다르다. 우정과 온정도 다르다. 그 중 손에 꼽을 수 있는 다름은 "었"이다. "나는 그녀를 사랑했다"는 말에 "었"이 붙으면 괜히 쓸쓸해진다. 우리는 모두 오늘을 살고 내일을 바라보지만 오늘과 내일을 만들어준 것은 어제였다. 많은 일이 지나고 어느 겨울에 그녀를 만났다. 시시한 농담에도 잘 웃어주던 그녀는 싱그러웠다. 생기를 다 가져간 건조한 겨울에도 싱그러울 수 있는 것은 그때 처음 만났다. 그 아이는 나에게 겨울이었고 봄이었다. 두 계절을 함께하는 동안에는 바뀌는 계절을 느낄 수 없었고 나의 시선이 그녀에게서 나무로 옮겨간 시점이 돼서야 나는 여름이 다 가왔음을 알 수 있었다. 그 해 여름에 지나간 어제에 쓸쓸함을 느꼈고 가을이 되어갈 때쯤에 "었"이라는 단어가 그 아이에게 붙여도 되는 말이 되었음을 느꼈다. 그리고 시간이 많이 지난 지금은 덤덤하게 말할 수 있게 되었다.

"나는 그녀를 사랑했었다."

비애

○

아쉬워 할 필요 없겠지

친구의 죽음을 기리며

○

아직은 따뜻한 우리

아쉬워 할 필요 없겠지.

너를 알기 시작한 순간부터

너와 함께한 시간 동안

넌 내게 늘

만개한 꽃이었으니.

내 안에

오랫동안

아주 오랜 시간 동안

예쁘게 피어 있을 꽃일 것이니.

그러니
져버린 꽃이란 말에 속아
울 필요 없겠지.
아쉬워 할 필요 없겠지.

이정태

외
로
움

　고작 눈물 한 번 시원하게 흘려버리는 것 가지고는 외로움에서
해방될 수 없다. 외로움은 눈물에 섞일 만큼 옅고 묽지 않기 때문
이다. 외로움은 끈적끈적하고, 그러면서도 메말라서 쩍쩍 갈라진
다. 그 쩍쩍 갈라진 빈틈의 공허함에서 다시 외로움은 피어나고,
피어난 외로움은 자신을 녹이려던 눈물까지 빨아먹는다. 그렇기
때문에 진정으로 외로운 사람들은 눈물조차 흘릴 수가 없다. 오
히려 눈물 흘릴 수 있는 사람들을 하염없이 바라만 봐야 할 뿐이
다. 그 누구도 그들을 눈물 흘리게 할 만큼 촉촉하게 적셔줄 수가
없으니까.

　정말이지, 또 외롭다.

자
본
주
의
식

사
랑
표
현

○

아직은 따뜻한 우리

애인에게

나 얼마큼 사랑해? 라고 매일 60번씩 물어보는데

드디어 오늘 확실하고도 만족스러운 답변을 받았다.

「내 월급 다 줄 수 있을 만큼」

엄청난 사랑을 받고 있다.

새끼양고기에선
냄새가 나지 않는다

배해률

장소부터 마음에 들지 않았다. 근 7년 만에 만나는 동창 녀석들이라 나가기는 하지만, 청담동이라니. 같은 서울 땅이라도, 강을 넘어 저 아래로 갈 때마다 이상하게도 속이 울렁거린다. 필시 내 보잘것없는 열등감이나 피해의식에서 피어났을 이 불편한 기운은 고등학생 때부터 시작되었다.

강원도 시골 촌놈은 조금 더 큰 세상을 보고 싶다고 기어코 고향을 벗어나 수도권의 고등학교로 유학길에 올랐다. 나름 똑똑한 아이들이 모인다고 자부했던 그 학교에서, 더 많은 경험과 더 질 좋은 학창시절을 꾸려나갈 수 있을 거라 믿어 의심치 않았다.

1학년 시작하고 몇 달 안 되어서였을 거다. 그저 그래 보였던 기숙사 룸메이트의 속옷이 명품이었다는 걸 알게 되었다. 반 애들이

맛있다고 난리를 쳤던 음식점이 꽤나 고가의 레스토랑이었다는
것도 알게 되었다. 매 주말마다 기숙사를 떠나 집으로 가는 아이
들이, 실은 집에 가는 게 아니라 고액 과외와 대치동 명문 학원에
간다는 것도 알게 되었다. 그때서야 깨달았던 것 같다. 이 학교는
똑똑한 아이들이 모이는 곳이 아니라, 돈 많고 잘 나가는 집 자제
분들이 다니는 곳이란 걸.

　부모님께 그 귀한 집 아들 딸내미들의 생소한 세상에 대해 얘기
했다. 조금, 아니 많이 칭얼댔었던 것 같다. 부모님은 얼마 지나지
않아 체크카드 하나를 내 손에 쥐어 주었다. 대치동 학원도 끊어
주었다. 비싼 옷을 사주었다. 그제야, 난 비로소 칭얼댐을 멈췄다.

　그 학교를 졸업하고 한참이 지나서야 알 수 있었다. 우리 집 가
계가 그 시절 얼마나 많이 흔들렸던가를. 혹여나 아들이 기가 죽
을까 하여, 체크카드 잔고에 누구보다 넉넉히 돈을 채워주고 싶었
다던 부모님의 이야기에 속이 아렸다.

　그런 학창시절이었다. 실은 만나자고 연락이 왔을 때부터 주저
했다. 동창들을 만난다는 건, 나로서는 그 시절 그 때로 돌아가는
거랑 다름없었으니까. 하지만 우습게도 그 애들이 궁금했다. 아직
도 그런 삶을 살고 있을까, 그 아이들은?

　입고 갈 옷을 고르는데, 평소에는 그렇게 풍족해 보였던 옷장
이 순간 너무나 허름하게만 느껴졌다. 저번 생일에 큰맘 먹고 질
렀던 명품 셔츠를 걸치고 거울을 들여다보았다. 첫 데이트 때 입

으려고 아껴 놓은 것을, 이렇게 입다니. 그럭저럭 말끔한 모습을 보고 있는데, 7년 전 비싼 교복을 입고 있는 고등학생 때의 내가 겹쳐 보였다.

실로 간만에 지하철을 타고 한강을 넘었다. 강을 건너는 게 그렇게 한순간인지 몰랐다. 몇 정거장 남았는지 확인하려 핸드폰 노선도를 확인하고 다시 고개를 들었는데 이미 건넌 뒤였다. 괜히 아쉬웠다, 오랜만에 건너는 한강이었는데.

어릴 적 서울 사람들은 동경의 대상이었다. 처음 서울 구경을 왔을 때, 그렇게 커다란 강이 도시 한가운데를 가로지르고 있다는 것이 너무나 신기했다. 심지어는 기차가 그 위를 가로지르다니, 신세계였다. 한강은 엄청난 볼거리였다. 그런데 서울 사람들은 그 대단한 볼거리를 그저 무던히 바라볼 뿐이었다. 그들의 그런 태도가 시크하고 도도하게 느껴졌던 때가 있었다.

청담역에서 내려 약속 장소인 레스토랑까지 걷기 시작했다. 가는 동안 혹여나 도착하기도 전에 그 애들을 만날까 싶어 괜히 초조했다. 어차피 만나러 가는 길이었으면서, 또 만나기를 걱정하는 스스로에 기가 찼다. 다행히 만나지는 않았다.

레스토랑은 블로그에서 사진으로 봤던 것보다 훨씬 더 으리으리했다. 바로 들어가는 게 왠지 두려워 일부러 못 본 척하고 지나쳐 버렸다. 다시 뒤돌아 레스토랑으로 향하기 전에, 혹시나 하는 마음이 들어 지갑을 꺼내 주머니 사정을 확인해보았다. 스테이크

잘하는 집이라고 했으니, 아마도 스테이크를 먹을 거고, 그렇다면 얼마나 내야 할까. 돈은 충분했지만, 또 혹시나 하는 마음이 들어 핸드폰으로 카드 잔고를 확인해보았다. 그렇게 몇 번을 확인하고 나서야, 뒤를 돌아 레스토랑으로 향했다.

직원의 안내를 받아 레스토랑 안쪽 깊숙한 곳으로 들어갔다. 익숙한 목소리들이 들렸고, 마침내 익숙한 얼굴들이 보였다. 이곳에 오기까지 그렇게나 많은 주저함이 있었음에도, 속도 없이, 반가웠다.

여느 만남이 그러하듯, 근황 얘기가 오갔다. 누구는 졸업하자마자 대기업에 한 번에 들어갔다고 했다. 누구는 로스쿨에 수석으로 입학했다고 했다. 누구는 결국 아버지 회사에서 일을 하기로 결정했다고 했다. 누구는 결국 뭘 할지를 몰라, 만만한 미국 대학원 진학을 앞두고 있다고 했다. 다들 그대로였다. 반가움은 이내 순식간에 사라졌다.

그 근황 토크는 결국 나에게까지 이어졌다. 호랑이 굴에 제 발로 들어왔다는 꼴이 딱 내 꼴이었다. 그때 그저 그런 말로 둘러대고 넘어가면 그만이었을 텐데, 이상하게 오기가 생겼다, 괜히 훼방을 놓고 싶었다. 그래서 솔직하게 쏟아 내었다.

연극을 하고 있어.

연극? 배우?

아니, 작가. 극작을 해.

극작?

응, 아직 배우고 있는 단계지만.

이상한 적막이 잠시 잠깐 지나갔다. 그리고 그 애들이 말을 이었다. 나 대신 돈 걱정, 부모님 걱정, 심지어는 재능까지 걱정해 주고 나섰다. 후회했다. 괜히 말했다 싶었다. 나도 모르는 사이에 그 애들은 벌써 내 오십대의 미래까지 이야기하고 나섰다. 나도 모르는 내 미래, 그 애들은 참으로 잘도 알고 있었다.

애들 중 하나가 배가 고팠는지 얼른 주문을 하자고 했다. 새끼 양갈비 스테이크가 그 집의 시그니처 메뉴라 했다. 여기 몇 번 와 봤다는 애들은 여기는 양고기가 제일이라며 그 애 말을 지지했다. 모두가 양고기 스테이크를 먹는 듯했다. 애들 중 하나가 물었다.

너도 양고기?

아니, 나는 소 등심.

왜?

나는 양고기 냄새가 역하더라고.

아…, 그래?

실은 양고기를 먹어본 적도 없었다. 닭고기 먹는 것도 마음먹고 먹어야 하는 판국에 양고기라니. 하지만 언젠가 양고기는 다른 고기하고는 다른 특유의 냄새가 있다는 이야기를 들어본 적이 있었고, 그 순간 그 이야기가 내 입을 지배했다. 옆에서 듣고 있던 애들 중 하나가 끼어들며 말했다.

새끼 양고기는 냄새 안 나는데.

몰랐다. 괜히 뭔가를 들킨 것만 같아 심기가 불편했고, 초조했고, 무서웠다.

그리고 여기 양고기 스테이크 맛있다니까? 너도 그냥 양고기로 하지?

내 옆의 옆 자리에 있던 애가 한 마디 더 쏘아붙였다. 결국 줏대 없이 새끼 양고기 스테이크를 시키고 말았다. 스프, 샐러드를 지나 마침내 냄새가 나지 않는다던 그 새끼 양고기 스테이크를 마주했다. 정말이었다. 별 냄새가 나지 않았다. 괜히 진 것 같아 속이 쓰렸다. 연거푸 맛있다며 고개를 끄덕이던 그 애들 사이에서 홀로 침묵한 채 식사를 마쳤다. 속으로는 계속 이 말만 되뇌었다.

새끼 양고기에선 냄새가 나지 않는다.

2차를 간다던 아이들을 뒤로 하고, 혼자 돌아왔다. 다시 청담역까지 걸어갔다. 지하철에선 가벼워진 지갑을 보며 한숨을 쉬었고, 그러다 또 한강을 놓쳤다. 집에 돌아와 명품 셔츠를 벗어, 탈취제를 엄청나게 뿌렸다. 탈취제 향 때문이었는지, 새끼 양고기가 소화가 덜 되어서인지, 갑자기 속이 너무나 역했다. 화장실 변기를 부여잡고 그 비싼 스테이크를 모두 토해내었다. 변기 속 갈색의 토사물 속에는, 몇 시간 전 그 펜시한 자태를 뽐내던 새끼 양고기 스테이크의 모습은 온데간데없었다. 그 꼴을 보고 있는데, 어딘가 모르게 후련했다.

그 날 내가 가지 않았던 그 2차에서, 애들은 그날의 모임을 정기적 모임으로 선언했다고 한다. 하지만 나는 또 어떤 고기에선 냄새가 나지 않는지, 알고 싶은 마음이 없었다. 그 날 청담동 새끼 양고기 스테이크로 유명한 그 레스토랑에서의 만남이 그 애들과의 마지막 만남이었다. 그 정기적 모임은 지금도, 나 없이도 잘 돌아가고 있다.

○

아직은 따뜻한 우리

오해로 얼룩진 그대여
진실의 꽃은 저 먼 곳에 두고
어둠 속에 홀로 방황하네.
서로의 탓은 접어두고
이제 그만 빛들 속에서 살기를
우리의 욕심은 무한하나
우리의 시간은 유한한 것.
미래를 꿈꾸며 현재를 살며
이제 그만 과거에서 나오기를
오해로 얼룩진 그대여.

이예린

선의 근원

난 중립의 자세를 지켰다.
어느 순간 깨달았다.
중립은 악의 근원이라는 것을.

이정효

무
제

저 하늘 위에는

영롱한 달이 어둠을 환히 밝히고 있는데,

왜

차디찬 허공 위로 내뱉는 하이얀 한숨은

내 머리 위 새까만 먹구름이 되어

이토록 찬란한 달빛을 가리고만 있는지.

나
무

정원사가 나무를 자른다.

나무도 자라고 싶은 방향이 있고
그렇게 살아가고 싶다.

하지만 정원사는 나무의 말을 듣지 않는다.
정원사의 생각대로 나무는 잘려간다.

꿈을 좇는 아이에게 엄마는 소리친다.
아이의 생각이 잘려간다.

　따가운 햇볕 아래 마르고 있는 그다지 질이 좋지 않은 목 늘어
난 티셔츠들은 더러움이 뜯겨나가고 속살이 드러난 채로 오랜만
의 휴식이 버거운 듯 집게 끝에서 위태롭게 처져 있었다.

　휴식이 끝나자마자 수치스러운 물벼락을 견뎌 내고 뜨거운 철
판을 처연하게 견뎌 내가며 구김을 숨긴다.

　아무 일도 없었던 것처럼 옷걸이에 걸리지만 처음과는 달라지
는 모습에 버려지거나 밑바닥의 걸레가 될 날을 기다린다.

끝
봄

김인혜

○
아
직
은
따
뜻
한
우
리

해가 갈수록 흔들리는 것 같아
당신의 뿌리는
하늘에서 내리는 비를 감당하지 못하고
언젠가 쏠려갈지도 몰라.
휘청이는 당신의 포물선을 따라가 보아도
엇갈림만 더해지네.

당신은 남아 있을 수 없고
나는 떠나지를 못하고
시간만이 야속하게
창밖의 빗소리를 키우네.

우리들의 청춘의 온도

　우리는 길었던 겨울의 터널을 지나, 이제 곧 봄이라는 종착지에 도착할 예정이다. 테이블 위에 아무렇게나 올려져 있는 계란껍질을 정리하고, 조금 남은 식혜를 원샷해 봉지에 쓰레기를 담아 넣는다. 이제 가방을 메고 밖으로 나갈 일만 남았다. 하지만 그때 울려 나오는 안내방송.

　"손님 여러분! 죄송합니다. 현재 출입문이 고장이 나 밖으로 나갈 수가 없습니다. 신속하게 수리를 마쳐 손님 여러분들의 불편을 최소한으로 하겠습니다. 죄송합니다."

　그러나 신속하게 수리를 마친다는 그 방송은 끝내 우리를 배신하고야 말았고, 오전 11시에 도착 예정이었던 나는 결국 기차 안에서 하룻밤을 지새우고 말았다.

하지만 세상은 내게 그렇게 말했다.

"좋았다면 추억이고 나빴다면 경험인 거야. 또 언제 기차에 갇혀보겠냐? 좋은 경험 하나 했다고 생각해."

나는 뒤늦게 수리된 출입문을 통해 낡은 햇빛을 쬐며 터덜터덜 밖으로 나올 수 있었다.

평소처럼 버스를 타고 드디어 캠퍼스에 다시 돌아왔다.

진짜 봄이 오긴 온 건지. 학생들의 옷차림이 많이 얇아져 있었다. 무거웠던 패딩이 얇은 카디건으로, 어두웠던 신발의 색깔이 화사한 노란색으로.

그러나 여전히 그들의 가방의 무게는 겨울이었다. 잔뜩 떡칠한 화장 위로 숨길 수 없는 노곤함과 불안함이 떠올랐다. 분명 나는 벚꽃을 보며 서 있는데 왜 불어오는 바람은 가을 바람인 건지. 왠지 모를 쓸쓸함과, 슬픔이 내 온몸을 감싸왔다.

그날 저녁 동기들과 가진 술자리에서 나는 생각했다.

지금 우리들의 청춘의 온도는 몇 도일까.

나는 단 한 번이라도 뜨거운 청춘으로 살아온 날이 있을까 싶은 생각이 들었다. 기계적으로 학점을 잘 준다는 교수님의 수업을 신청하고, 쉬고 싶다는 욕구를 외면한 채 아르바이트 자리에 앉아 있다.

서로를 사랑해야 할 시기에
서로를 이기려 하고 있고
친구를 믿어야 할 시기에
친구를 의심하고만 있다.

다시는 돌아오지 않는, 돌아올 수도 없는 시간이라는 걸 알면
서도 우리는 차가운 눈물을 흘리며 빛바랜 청춘을 보고만 있다.

한마디만 건네면 바로 울어버릴 거면서
지금 울어버리면 모든 것이 무너진다는 핑계로
그렇게 청춘들은 마음의 병을 앓고 있다.

어린아이라 하기엔 너무 커버린,
어른이라 하기엔 아직 어린
마치 고장 난 온도계 같은 우리다.

비
애
o

국
수
한
그
릇

정신없는 하루가 끝나고

뒤늦게 집을 향하는 새벽 두 시.

골목 어귀에서 하얀 구름이 뭉게뭉게 피어난다.

지친 몸, 그 누구라도 내 품에 안기라고,

스물네 시간 깨어 있는 멸치국수집.

아직 녹지 않은 길가의 눈얼음도

그 집 앞은 노곤노곤하게 녹았다.

뭔가에 홀린 듯이 그 집 식탁 앞에 앉는다.

날 기다렸다는 듯이 마중 나온 국물이 포근하다.

그렇게 잠시 나는 이 새벽을 그 품에 맡겨본다.

국수 한 그릇이 사람을 위로하는 밤.

나는 누군가에게 위로가 되는 사람이었을까.

잠깐…, 아주 잠깐 그렇게 머뭇거리다가

생각하기를 그만둔다.

그냥 오늘 새벽은 내가 위로받고 싶다.

비
애

○

아직은 따뜻한 우리

초판 2017년 7월 10일 1쇄
저자 신현택 외

출판사 도서출판 북플라자
주소 경기도 파주시 파주출판단지 서패동 471-1
전화 070-7433-7637
팩스 02-6280-7635
오탈자 제보 book.plaza@hanmail.net
홈페이지 www.book-plaza.co.kr

ISBN 978-89-98274-86-3   03810

- 북플라자는 영화보다 재미있는 소설, 쉽고 효과적인 실용서적, 그리고 세상을 밝게 할 자기계발서를 항상 준비 중입니다. 독자 여러분의 원고 투고를 열린 마음으로 기다리고 있습니다. 책으로 엮고 싶은 아이디어가 있으신 분은 book.plaza@hanmail.net 로 간단한 개요와 취지를 보내주세요. 인생은 항상 주저하지 않고 문을 두드리는 자에게 길이 열립니다.(우편 접수는 받지 않습니다)